感受即真实

青春期成长故事

郑虹 / 著

中国文联出版社

图书在版编目（CIP）数据

　　感受即真实：青春期成长故事/郑虹著. —北京：中国文联出版社，2022.11
　　ISBN 978-7-5190-4937-9

　　Ⅰ.①感… Ⅱ.①郑… Ⅲ.①青春期—健康教育—青少年读物 Ⅳ.①G479.2-49

中国版本图书馆CIP数据核字（2022）第197077号

著　　者	郑　虹
责任编辑	刘　旭
责任校对	秀点校对
装帧设计	刘贝贝　李　娜　郑　虹

出版发行	中国文联出版社有限公司
社　　址	北京市朝阳区农展馆南里10号　　邮编　100125
电　　话	010-85923025（发行部）　010-85923091（总编室）
经　　销	全国新华书店等
印　　刷	天津和萱印刷有限公司

开　　本	710毫米×1000毫米　　1/16
印　　张	14.25
字　　数	214千字
版　　次	2022年11月第1版第1次印刷
定　　价	58.00元

版权所有·侵权必究
如有印装质量问题，请与本社发行部联系调换

序 言

在了解我的朋友眼里看来,我成长于书香门第、文艺家庭,但感觉自己一点儿文艺细胞的影子都没有,从小父母也没有把我往这方面培养。

儿时曾想过当一名教师,高考时在父亲好友的建议下"阴差阳错"地学成了一名精神科医师,读完医学心理学硕士研究生后来到深圳又机缘巧合地转行到学校成为了一名心理教师。

家里有一个靠笔杆子耕耘了几十年的父亲,一直被妈妈认为没啥出息,而我也选理不学文,也从来没有认为自己要去"与文字为伍"。

直到儿子出生,当时流行写博客,忽然想记录一下儿子成长的点滴,于是开博写博,读者就是自己和老公,还有网上那些不认识的常来光顾的博友。

因为写博,才知道自己还可以写,而且还不是很差,特别能得到老公的肯定,成天看得乐呵呵的,觉得很好玩。我也会有点沾沾自喜,因为有时文章还会被推荐到新浪博客首页。

后来,杜梅姐看了我的博客开始跟我约稿,她当时是某青少年报的一名主编。因为杜梅姐的约稿,那段时间也发了不少小文章,她也不断地鼓励我多写,"这个世界不缺乏有才华的人,但缺乏的是能坚持的人"。

而此次写这本书也是来自杜梅姐对我的鞭策,她说目前关于青春期家庭教育的书是最受欢迎的,而以我在学校这么多年的工作经验可以试着写写。我想太理论的心理学或家庭教育的书籍我也写不了,但我可以从学校咨询的工作实践入手,看看可以写点什么。

感受即真实
——青春期成长故事

　　于是就有了写这本书的初衷：以学校心理辅导与咨询案例为参考，结合自己的医学心理学专业知识进行加工，再加上些许文学修饰处理，写成一个个典型的青春期案例故事，不仅家长可以读，学校教师、学生也可以看。这本书就是一本青春期案例读物，如能给每个不同身份的读者带来一点点思考或启发就达到目的了。

　　我还是很佩服杜梅姐，她说写作已成为她每天日常生活中的一部分，很惭愧，我确实很长很长时间没有正儿八经地写点什么了。

　　记得曾做过一个趣味心理测试，说我的生活风格是乌龟，希望这一次能如杜梅姐所说，坚持做一只每天都能往前爬一点点的乌龟。

郑　虹
于高铁上

前 言

青春期是从儿童走向成年的过渡时期，一般是10-20岁，因为以性生理发育成熟为主要特点，世界卫生组织（WHO）将其定义为青春期。

美国神经学科医生弗朗西斯·詹森等所著的《青春期的烦"脑"》一书中，把青春期个体界定为"让人抓狂的怪兽"，其主要原因与青春期的大脑发育特性有关：激素的大量分泌，与情绪相关的杏仁核非常活跃，青少年已经有了各种强烈的情绪体验，而主管心智及执行功能的大脑前额叶要到25岁左右才能发育成熟，于是就有了"情绪动荡不稳""多事之秋"的青春期。

本书以学校心理辅导与咨询案例为参考，对象为处于青春期阶段的小学高年段到高中阶段的学生，以初中生为主。根据在这个年龄段接待的各种心理问题进行归类，分章节展开：第一章，侧重于青春期自我成长问题；第二章，侧重于常见情绪问题；第三章，侧重于各类行为问题；第四章，主要讲述与家庭人际相关的案例故事；第五章，主要讲述与学校人际相关的案例故事；第六章，则是有代表性的心理障碍案例；结尾，外加"附录"一篇。最后，是全书结语及主要参考文献。

每一篇案例故事分三个部分：第一部分是案例故事本身，会从学生、咨询师或写作人等几个角度来进行讲述，每个案例主要侧重于一个问题，进行文学加工，这也是本书的有趣之处；第二部分"【后记】"，是对案例故事后续的补充或写作人的感悟；第三部分"【心灵花园】"，则是与案例故事相关的知识链接，重在传播和普及心理学的相关知识。

在此，非常感谢海德学校对心理工作和家庭教育工作的重视和支持，也为心理教师的专业发展提供了有力的资源和平台。另外，特别感谢华中科技大学协和深圳医院主任医师赵巍峰博士（临床心理学方向）对全书的审核，在专业准确性和逻辑性方面进一步把关，并提出了非常宝贵的意见和建议。

最后申明，本书中的案例故事并非心理咨询案例报告，而是以作者的学校心理辅导与咨询的工作实践为参考，经过后期的专业整合及文学加工处理而成，主要是想通过典型的故事呼吁广大家长、教师、学生重视心理健康，重视家庭教育，重视未成年人的身心健康发展，如有相似之处，请勿对号入座。

郑 虹
于厦门

目 录
CONTENTS

第一章
自我成长，心底的阳光

- 2   从他的眼神看到了内心
- 10   "我"的迷惘
- 18   "与众不同"的感受
- 26   不和"学习"过不去

第二章
情绪困扰，起伏的波澜

- 36   失去的快乐
- 44   一个人的"战斗"
- 52   被扰乱的心弦
- 60   是真的害怕

第三章
行为问题，成长的挑战

- 70   我有多厉害？！
- 79   谁"怕"谁？
- 89   "不许动！"
- 96   不是故意的！

第四章
家庭人际，一生的牵绊

- 106 无法满足的愿望
- 113 "拉扯"的家人
- 121 以爱之名
- 130 都是手机惹的祸
- 138 家庭里的孤独者

第五章
学校人际，连接的阶梯

- 148 我应是一个好学生
- 156 这不是玩笑
- 163 爱动漫小说的女生
- 170 如你所期待
- 177 青春的涟漪
- 184 未知的盲区

第六章
心理障碍，未知的预见

- 192 我有大猫守护
- 199 虚幻的真实
- 205 冲动是魔鬼

- 212 附录
- 212 "别人家的孩子"
- 216 结语
- 217 参考文献

第一章

自我成长，
　　心底的阳光

个体心理学创始人阿尔弗雷德·阿德勒曾说，"所有的烦恼都是人际关系的烦恼"。人的世界就是关系的世界：与自己的关系、与他人的关系、与社会的关系，最难相处的就是与自己的关系。

感受即真实
——青春期成长故事

从他的眼神看到了内心

01

初一新生又进校了,小笃(化名)就是那样一个让老师留意的孩子:上课趁你不注意时跟旁边的同学说说小话,不时会心不在焉地走走神,当你看着他时,他会快速避开你的眼睛,然后想干嘛就干嘛,眼里闪着桀骜不驯的光。

一次上课,小笃和旁边的小男生不时交流着什么,有说有笑的,我几次言语暗示都没有反应。于是,我边上课边"狠"盯着他俩的方向,两人却丝毫没有察觉。班级不少学生的目光都随着我的眼光落在了他俩身上,他们也觉察到了异样,那小男生赶紧闭上了嘴、低下了头,小笃却抬头扫了我一眼,一副不在意的样子。

看到他的眼神,我读到了不满和抵触,"不就是副科吗,干嘛要求那么多?"我没有理会,继续往下讲课,但眼睛却只看他一个,目光再次对视。这时,不知道他听到了什么内容忽然很兴奋地张嘴怪声怪调地接了一句"啥——",惹得同学们哈哈大笑,他脸上却闪着得意的表情。

这时,我意识到这样的行为在刚入学时,特别是在"副科"课堂上如不及时引导,这个阶段的孩子又很容易从众,以后可能连常规的课堂教学都维持不了了。

我停下了要讲的内容,先来一个分享活动:请同学们说说自己来自于哪所小学,进入中学后有什么期望。不少学生都踊跃地介绍了自己,说出了对中学生活的憧憬及对班级的期盼。

小笃一手撑着下巴，一副对讨论话题不感兴趣的样子，偶尔还找旁边的小男生说笑几句，似乎在故意跟我作对。

我没有理会小笃的表现，而是肯定了学生们的积极发言，并告诉他们，大家都来自不同的小学，如今有幸能组成一个新的集体，每一个人的行为都不仅仅代表他自己，希望每一个同学能把小学养成的优良传统及自己的优秀品质带到中学、带到新的班集体中来，每一个人都可以描绘自己的现在和将来。

看我没有直接批评他，小笃的目光渐渐柔和了，看来应是一个有领悟力的孩子。

通过与班主任胡老师沟通了解，小笃是从外校小学来到本校初中的，主科学习成绩还不错，而胡老师也并未发现小笃在课堂上有什么特殊表现，她甚至还有点疑惑。

"是吗，他是这样的啊？！我找其他副科老师再去了解一下情况吧。"

这应是比较令人"担心"的一类学生：学习能力较强，但会在不同的课堂或不同的老师面前表现出截然不同的行为，不是自己做不到而是不想去做到，以至于给他人或所处环境（如集体课堂）带来一些干扰。

之前见过一个班级里有这种类似情况的学生，自己在某些课堂上不想听课就故意捣乱，最后"带偏了"整个班级的学习风气。作为心理老师虽然可以理解个体行为的动机，但在现行的教育条件下对于这样的行为却又做不到视而不见。

了解了这个情况，在之后的心理课上我会看他看得"比较紧"，会用目光提示他，他似乎也能神会，但常会我行我素，有时眼里还闪着大大的不屑，看着还真是"惹人烦"。

02

又到给他们班上课了。我告知学生们，上课之前先说一件事，就是在上周课堂上发生的，我觉得比成绩更重要。

大家一下子安静了不少，孩子们都竖起了耳朵。

"在上周的心理课上，有一个学生在看小说，我没收了他的书。"这时有些学生似乎明白了我要说什么，不自主地把目光投向了小笃，因为上周大家都看到了我在他的"狡辩"中还是收了他的书。

"下课后，他来找我要书，我对他说下节课表现好了就还给他。可他不同意，缠着我一定要马上给他，我说如果这样就去班主任那里领取。结果他嘴里嘟囔了一句，虽然没有大声说出来，但我依然听得到那是一句骂人的脏话。"

这时学生炸开了，有的笑、有的说、有的朝着某方向张望。

这时，小笃的目光盯着我看，有点无所谓，他是想看看我到底想玩什么花样吧。

"我很震惊，问他会不会也这样骂自己的父母，他点头说会，我感觉好多了，或许骂脏话已经成为了他的一种口头禅。"

这时有学生开始向那个方向投去不满的眼神。

"我问他'我——能说脏话吗？'，我期待的回答是'不能'，这样子我就可以说'那我就无话可说'了。大家都知道这是今年的网络流行语之一。"

学生们开始哈哈哈大笑。

"结果他却丝毫不假思索地点点头，说'可以。'"

这时有的学生笑翻了，教室里吵哄哄的，我没有理会他们，继续往下说。

"这真让我有点出乎意料。我说'我不会说脏话，因为我不想像你一样。'"

这时，很多学生都收起了笑容，而小笃，直接趴到了桌上。

03

"这让我想起以前在医院工作的一件事。当时我在病房当经治小医生，一天查房，一位男医生去找他主管的一个患者做电休克治疗。"

这时，学生们又开始朝着某方向笑，这又是什么茬儿？

"因为这个患者之前有一次做治疗时电流量不够，他有了痛苦记忆，以至于下次再做时他很反抗。当这个医生过去找他时他满病房地跑，医生满病房地追他到一个角落里，想去拉他，他朝着医生的面部就是一拳。"

说到这，又有学生哈哈在笑。

"医生没有想到这个患者居然还打医生，又去拉他，他朝着他的面部又是一拳。医生还不甘心，再次去拉他，结果又来了一拳。"

这时很多学生在笑，病人打医生真的有那么好笑吗？

"这时病房里的其他医生、护工一起上去把这个20多岁身强力壮的患者约束了起来。回到医生办公室，我们都很'同情'他，那医生很愤怒，说下次患者再打医生就脱掉白大褂跟他打。而我知道这个医生只是说说罢了，但他绝对不会打，哪怕是患者再怎么对他无礼，他也不会还手，因为他有他的职业操守，而教师亦是如此。"

这时班级里一片沉默，静得让每一个人都不适应。

"就像医生、教师有自己的职业操守一样，作为学生也要有自己的基本准则，内心要有一个行为的标尺，什么可以做、什么不可以做，把握适度。当然我们还是未成年人，还在不断成长和自我完善之中，偶尔的偏离并不代表将来，但每一个人都应该有是非判断的标准，做一个自尊、自爱的人，这样才能真正得到他人的尊重。"

班级里还是一片沉静，这时小笃已经坐起来了，感觉他似乎收到了我传递的信息，接下来的这节课进行得非常顺利。

经过这件事，可以看到小笃在我的课堂上虽然行为还是有点突出，说笑、接话，还有一次给我画了个很随意的"漫画肖像"，但他会不时关注我是否在关注他，如果看到我在看他就会立马一本正经地消停一会儿，之前那种无所谓的目光缓和了许多。

我想或许他在心理课上是真的有话题想说，或许他是把心理课当作自己精神最放松的一个课堂，他在这里无须很努力地去克制和约束自己，所以只要他的行为在课堂允许的范围内就可以了，目前的现状也是如此。

04

直到学校运动会,我被安排当径赛的终点裁判,无意中看到了田径场上的小笃。他是一名猛将,跑起步来眼睛里透着一股子"杀劲",非常的阳光帅气,为班级挣了不少分。看到他的这股子拼劲,我的心也为之一热。

在新生适应"融入新集体"的课堂上,我问学生们"你是在为班级增光添彩呢,还是抹黑呢?"这时脑海里闪过小笃在运动场上的身影,就趁机赞扬了他。我看到他的眼里闪过一丝羞涩,这是我第一次看到这个大大咧咧的高个子男生眼里居然会透出害羞的光。

接着,借小笃的例子我又讲到了另一个男生,在一所名校高中就读。那男孩最初也是一个课堂行为比较"突出"的孩子,七年级时学习成绩一般,那年刚好我代了几节他们的思想品德课。在期末考试前,他对我说:"老师,我思想品德一定要上90分。"我清晰地记得那次考试他并没有上90分,但我并不担心他,因为在这个"鸡娃"的年代,如果一个学生连"思想品德"这种所谓之副科都决心要好好学,说明他是为了知识和能力而学,是为了自己而学。果然,通过不懈努力,两年后他冲刺到了全年级前列,最终考上了理想的高中。

我发现学生们很喜欢听这类学哥学姐们的励志故事,那一双双的眼睛里都闪着清亮的光。

"每个人在班集体里都有自己的贡献,而贡献在这里是一个中性词。有的人只要做好自己了就是对小组、对集体的最大贡献,是在对班集体做加法;有的人能量比较强大,除了做好自己之外,还可以去帮助他人,可以把正面的'蝴蝶效应'在班级里扩散开去,学会用自己的正能量去影响更多的人,这样班集体才能更有归属感与凝聚力。"

这段话听起来似在说教,但我想小笃在班集体里是有一定号召力的人,学习成绩不错、运动能力超强,是属于能量强大的学生,他在班集体中发挥怎样的作用实在太重要了,必须对他特别强调一下班级的"公众人物"效应。

经过这次课，我发现小笃上课时渐渐沉静了。

其实从小笃的眼神可以看出，他并没有故意"使坏的心"，只是他会在班主任、主科老师面前展示出自己积极正向的一面，因为他知道这些学科关乎到升学，对他很重要；而在副科老师面前他又表现出自己没有规则边界、"无所畏惧"的一面，因为他会觉得在这些课上没有做好自己的必要。他可能也会迷惑自己为什么会这样，难道是人格分裂了吗？

是啊，为什么会如此呢？

或许，他也不知道怎样才能获得别人对他的真正认可，他在这样的切换中寻找真正想成为的自己。

05

不过，不知从什么时候起，突然发觉小笃不再是课堂上那个让我"分心"的学生了，上课时他的眼睛一直看着老师这边，听得很认真，也不再回避我的目光。在讲到"自立自强"这节课时，我让每个学生在小纸贴上写出班级"自强之星"，并说明理由，有好多学生都写了小笃，说他"学习进取，勤奋、努力，运动能力强，为人正直"。我又趁机在班级"隆重"地肯定了他：从"桀骜不驯"的眼神到眼光中的"诚恳与坚定"，真是帅气！

被老师这么鼓励，小笃自然有点不好意思，可那之后，他不仅能够管理好自己，只要班级有学生吵闹或活动之后有的孩子还不能及时安静下来，都是他第一个站出来大声地提醒同学们"安静！"，效果还不错哦！

第二次阶段考试小笃考出了入初中以来最理想的成绩，这次为什么有这么大的突破，用他自己的话来说就是"我没有之前那么随意了"。据胡老师说小笃思想品德考试的反思写得也十分诚恳，"领悟到了学习方法和策略"，对课后练习也能做到一丝不苟，确实与之前有所不同。

06

在一学年的心理课堂上小笃的变化是最大的,小笃的眼神也告诉了我,他有了自己的目标和方向,因为从眼神的变化可以读出态度的转变,"做人、做事、做学问",首先是为人处事的态度,而态度决定一切。

如我所料,各方面能力都很强的小笃以高分如愿考入了全市最好的高中。两年后,一个低年级的学妹也考入了那所名校,但入校后在学习方面有些不适应。听了她的烦恼,我建议她可以找母校毕业的学长咨询了解一下,我想到了小笃。

当我联系小笃把情况跟他说明之后,小笃回复说那所学校的"强人"实在太多了,大家的感受都是差不多的,他也是用了将近两年时间才完全适应过来。不过他可以跟这个学妹沟通一下,还会介绍其他学姐给她认识,看看有什么好的建议可以帮助她尽快适应。看到他的回复我还是蛮开心的,理性、客观、热情,小笃又成长了。

后记

最近看了一本书,法国著名心理学家、精神科医师及畅销书作家克里斯托夫·安德烈所著的《恰如其分的自尊》,按书中所述,自尊即如何看待自己,喜不喜欢这样的自己。自尊的三大支柱是自爱、自信和自我观,其形成过程中最重要的"滋养"有两个方面:感觉到自己被爱——即归属感,感觉到自己有能力——即价值感。在能感受到被爱的同时也需要学会客观而合理地了解自己、看待自己、完善自己,从而与外在环境达成协调和平衡。所以,作为陪伴孩子成长的成人,要成为他们"自尊罐子"里那个爱的"加水"人,及时鼓励、积极引导,这样孩子才能学会把自己"自尊罐子"里的水装满。

心灵花园

自我同一性1

　　自我同一性是西方心理学一个重要的概念，但至今没有一个普遍接受的定义。本质上自我同一性是指人格发展的连续性、成熟性和统合感，包括自我确认、个人同一性和社会同一性三个层面的内涵。青少年时期的一个核心问题是自我同一性的发展，它将为成人期奠定坚实的基础。青少年同一性的人格化，是青少年的需要、情感、能力、目标、价值观等特质整合为统一的人格框架，即具有自我一致的情感与态度，自我贯通的需要和能力，自我恒定的目标和信仰。在这一过程中必然要涉及到个体的过去、现在和将来这一发展的时间维度，而自我同一性的确立，就意味着个体对自身有充分的了解，能够将自我的过去、现在和将来组合成一个有机的整体，确立自己的理想与价值观，并对未来自我的发展作出自己的思考。

感受即真实
——青春期成长故事

"我"的迷惘

01

这个男生每次在心理课后总是留在最后,他会帮着我整理完散乱的桌椅,时不时跟我说几句话,"老师,我们班这节课表现得怎样?""老师,你知道催眠吗?""老师,我看过一本心理学的书说人的微表情""……",于是我熟悉了这个男生。

他叫小狄(化名),中等偏瘦身材,眼睫毛长长的,眼睛很有神。他学习成绩不错,也很热心,一入学就被推选为班干部。其实每一届都会有这么几个知书懂礼的男生,对的,课后能主动留下来帮忙整理心理教室卫生的真的就是男生,而且是每一节下课都会留下来,但是这样的孩子确实不多。我经常会忍不住想到底是怎样的家庭教育能教出这样"眼里有环境、心中有他人"的男孩,太正能量了!

一天上课,我发现小狄情绪不高,毕竟还是刚上初中的学生,喜怒都写在了脸上。下课后,他依然留下来帮我整理教室。

"今天怎么了,有点不开心哦!"我问。

"嗯,老师,我觉得同学们都不喜欢我。"他有些郁闷。

原来,作为班级干部,他要协助班主任宁老师管理班级事务,比如课堂纪律,总是会有学生上课爱讲小话,还有调皮的学生故意接话、打岔、"哗众取宠",他会提醒大家安静下来,对于严重的行为还会记名。还有每天的教室卫生，有的同学经常会把垃圾直接扔到地上，还有的轮到自己值日会"敷衍了事"，有的甚至"忘记"值日，他也会把这些记录下来反馈给宁老师。

诸如此类，一段时间下来就有同学背后议论他，说他就是老师的一只什么什么（某动物名称），反正很难听。不过他是真的很看不惯这些行为，"为什么班级里会有这样的人，明明上课讲小话、随意插嘴影响了课堂，不但不认为自己有错，还得意洋洋地觉得自己很厉害。"

他心里很难受，觉得自己没做错什么，为什么就得不到同学们的理解和支持呢？！

02

看得出他是一个有原则、道德感很强的人，其实他最看不惯的是同学之间不能友善以待，甚至还有诸如给别人起难听的绰号、故意起哄嘲笑等"欺负"行为。他会站出来阻止，但是没有多大效果，而且还会被人起哄说"狗拿耗子"。他因此很自责，觉得自己不能帮助到有需要的同学，没有尽到做班干部的责任。

道德、纪律、法律，三个基本的行为准则，约束力最弱的是道德，其次是纪律，道德是要靠每个人自觉去遵守的。按皮亚杰的道德发展阶段理论，12岁左右进入"公正道德阶段"，他们不再刻板地按照固定的道德法则去判断，而是按自己内在的主观价值标准进行判断，有时甚至会因关心或同情同伴是非规则可变，这对于一个他律道德感相对较强的孩子来说内心会更痛苦，小狄就是这样的。

"你爸爸、妈妈是做什么职业的？"我问。

"爸爸是律师，妈妈在公司上班。"小狄回答。

一个人的信念、价值观和行为准则的形成与他从小所受到的家庭教育息息相关，现在很多父母在教育子女的过程中会有一个困惑，要不要把自己的孩子培养成一个"太老实"而中规中矩的人，这样的人走入社会会不会吃亏！我想起之前一个家长咨询时对他儿子说的话，"别人打你时你一定要狠狠地还击回去，打到他下次不敢再打你！"

感受即真实
——青春期成长故事

而面对这个把平等、友善、规则看得非常重要的中学生，可以怎么跟他说呢？

"错不在你，不要拿别人的错误来惩罚自己，让自己痛苦纠结"，"是你太单纯，认为这个世界应该是美好的"，"这个世界本就是有'美'有'丑'，什么样的人都有"，还是"是你自己太小心眼，缺乏包容心，作为班干部不能包容同学，说不定他们的行为只是阶段性的，过了这一时期就好了……"

我很能理解他的感受，或许我们都认为一个人的行为尺度应该由他自己去把握，知道什么可以做、什么不可以做，不可以去触碰那个底线——给他人或环境带来负面影响或伤害。我们认同了同一个规则。

"是让人很难受，也很无奈，那你怎么看这个问题呢？"还是问回他自己吧。

"爸爸、妈妈让我不要去管别人了，如果可以就辞掉班干部，做好自己就好了。"他回答说。

而我，还是希望能鼓励他的爱心与热忱，这个世界有美也有丑、有黑暗也有光明，但还是相信身边的"美"是大多数，坚定自己想要的是什么，不违背自己的内心，尽己所能去做就好了。

我表达了自己的看法，他认真听着，也若有所思。

就这样，每个人的生活都按照自己的轨迹无声无息地进行着，小狄升入高年段后，就很少见到他了。

03

直到寒假里的一天，我接到一个陌生电话，对方是中年男子的声音，自我介绍是学校某班小狄爸爸，是宁老师推荐的。

"哦"，不知怎的我立即想到了那个小狄，年级、班级、班主任，应该就是他了，是发生什么事情了吗？

"请问有什么需要帮助的吗？"我问。

原来周末上午小狄出去上课，妈妈帮他收拾房间，居然发现房间隐蔽处藏有"成人读物"。妈妈在那一刻简直不敢相信，赶紧告诉了爸爸，爸爸也很震惊，一气之下把"那些东西"直接扔进了垃圾桶。

扔完之后又觉得不妥，不知道自己这样处理合不合适，于是向学校老师求助。

虽然不知道小狄爸爸嘴里所说的"成人读物"具体是指的什么，但听到他的描述我还是感到有点意外！

我觉察到自己不自主地加入了自己的评判，想想也在情理之中。男孩子12—14岁进入青春期，身体开始快速生长，特别是性机能发育成熟也会带来心理的变化，躁动且好奇，小狄刚好在这个年龄段。不过说实在，这类问题在学校中小学生咨询中遇到的还真不多，几乎也很少有学生会自己主动来找老师咨询的。

"你需要给孩子做一下青春期性教育。"

电话那头先是一顿，"怎么做呀，我要怎么开口？"

可以听得出他焦急的情绪，或许平时家庭中的亲子沟通并不令人满意。

是呀，谈论"性"在中国传统家庭里似乎是一个禁忌，关于性教育问题也是我国父母很难对孩子启齿的话题。或许父母这一代在他们自己青春期的时候就没有人对他们做过性教育，是"自学成才"也好还是"懵懂过来"也罢，反正也结婚生子了，并没有受到什么影响，而一旦面对自己的孩子，确实不知道要如何说。

"就很自然的开口呀，"我说，"等孩子回家了，心平气和地告诉他，今天帮他收拾房间，发现了什么，爸爸有怎样的感受，是震惊还是愤怒还是愧疚，希望父子两人可以好好聊聊。就像对待一个朋友，坦诚地交流就好。"我直接给了建议。

此刻，感觉自己似乎很有经验，其实我只是关注点不在家长到底发现了什么，我相信小狄爸爸自己可以做一个判断，而更重要的是如何与孩子进行沟通一起解决问题，让孩子可以接受。

男孩进入青春期，随着性生理发育成熟到了一定年龄会产生性欲望和性冲动，他们此时非常需要科学的性教育知识来排解心里的困惑，而父亲是最便利也是最合适的教育者。

但现实生活中很多爸爸在儿子的性教育方面是"失职"的，也包括在我家，我经常提醒老公要给儿子做青春期教育，但父子俩好像从来没有谈论过相关的话题，其实在性教育及自我保护方面男孩更是容易"被忽略的群体"。

感受即真实
——青春期成长故事

小狄爸爸似乎立即理解了,"那,那些东西要不要从垃圾桶里捡回来呀?!"

此时我感觉电话那头是一个很小心翼翼的青春期孩子爸爸,跟之前"扔东西"之举的爸爸判若两人。是的,当一个青春期男孩发现自己不在家的时候父母翻看了自己的"隐私",还扔到了垃圾桶,那他会有怎样的反应?后果不可预测,也不敢设想,难怪这个爸爸做了之后会有后怕。

"我觉得可以",我的语气应是很肯定的,这也能代表父母的一个态度吧。

虽然不清楚爸爸后来是如何跟儿子谈的,总之他没有再来过电话,我想事情应该是得到妥善解决了。

04

每个人的生活就是这样按照自己的轨道无声无息地进行着,不知什么时候某些人的轨迹又会交叉在某一点。

一天,我收到本区教育局公益心理热线值班老师的信息,说其他区的一个高中生在我们的QQ上预约周末面询,并希望我能接待。

高中生,"点名"预约,难道认识我?但又不是本区的学生,应该不可能呀!我接下了这个咨询。

等周末看到来访人,一眼就明白了。

小狄,模样变化不算大,高中考到了其他区,全家也搬去了那边,即所谓之陪读吧。他这次过来没有告诉自己的父母,是倒了差不多两个小时地铁过来的。

"这么远呀,你们学校和区里也有心理老师吧。"我真觉得交通有点太耗时间了。

"我不想在自己经常活动的区域找老师咨询,远一点好。"这是他的答复,是想避免遇到现在有可能与他有接触的人?

而跑这么远咨询的主题是,最近会有一些内心冲突,总是思考或怀疑自己的做法到底好不好、对不对。

小狄进入高中后因各方面表现突出很快成了班干部,还在校学生会任职,就他所说"会利用自己职位的小小'权力'去拉拢一些同学或打压另一些同学"。比如,有什么学习或"表现"的好机会他会首先给跟自己关系好的"哥们",或者明明那哥们凭自己的实力也能获取资格,但他会表现出是自己很努力争取来的,而对那些平时不怎么跟他"套近乎"的同学,他就会想一些办法做一下"手脚",总之经他手的"好处"都要掌握在他自己的手里。

我不是很能想象在高中学生会能有多少这样涉及到个人荣誉或未来发展的重要"机会",他似乎也不愿具体讲是什么,他的表达是:"在学生会工作不自觉地会使用一些'技巧',让自己做起事来游刃有余,负责的老师们对我都很认可,我也很有成就感,但有时又觉得不应该这样做,有点不喜欢这样的自己。"

当自我意识增强的时候,青春期孩子会更多的关注和思考自己,他们会为了赢得周围人的支持与认可或为了证明自己,说一些话、做一些事,有时甚至会违背自己内心的意愿,他们会对这样的自己进行评判,甚至开始怀疑自己。

从小狄的表情,他一方面"享受"这种做法带给他的便利,另一方面他又不时地对自己做道德评判,或许这种做法是他之前不耻也绝对不能接受的行为,而如今自己也是这样,他有点迷惘。

"我觉得有潜移默化的作用,妈妈经常会跟我说她公司里的事情,我也很感兴趣。"

"潜移默化"这个词很了然,或许成人世界的处世之道就是如此,或许也是成人对孩子的期愿,成人是否也会如青春期孩子这样有如此的内心冲突呢?

05

"那你怎样看待这样的自己?"我问。

"有时候觉得自己挺有能力的,有时候也觉得自己很虚伪,不够磊落。"小狄很坦然地回答。

"你知道乔哈里视窗吗?"我想借用这个工具让他做一下自我分析。

乔哈里视窗是一种关于沟通的技巧和理论,也被称为"自我意识的发现——

感受即真实
——青春期成长故事

反馈模型"，最初是由乔瑟夫和哈里在20世纪50年代提出的。视窗被分为4个区域：开放区、隐蔽区、盲目区、未知区，之后被用来分析和进行自我探索。

开放区即"公开我"，自己知道、别人也知道的我；隐蔽区即"隐藏我"，自己知道、别人不知道的我；盲目区即"背脊我"，别人知道、自己不知道的我；未知区即"潜在我"，自己不知道、别人也不知道的我。

看到乔哈里视窗里填写的关于自己的一些描述，小狄的困惑在于不能接受"隐藏我"的这一部分。或许这里隐藏着他内心的秘密，有他的需求，行为的动机，个人的喜恶，或许他认为这个才是真实的自己，而这往往又是自己最不想成为的自己。

"你怎么看这样的自己呢？"我问。

"还好吧，我感觉在公开区展现出来的都是希望让别人看到的自己，甚至会刻意让大家看到我，而隐蔽区里就是有点邪恶的自己，自私、功利、投机取巧，甚至有点不择手段"，他哈哈哈笑了笑，"感觉一个是别人眼里的'天使'，一个是自己心里的'恶魔'。"

这是一个很有意思的对自我的思考和探索，很多青春期孩子都会有类似关于自我的冲突，只不过有的可能在小学高年段就开始了，有的可能会稍晚一点。

"那'天使'和'恶魔'想要的是什么呢？"我继续问。

是哦，当他发现"天使"和"恶魔"其实目标一致、想要的东西一样的时候，他需要明晰自己想要的到底是什么，并从更包容自己的角度去看待自己的行为，接纳这样的自己，完善这样的自己，由此得到成长。

我给他推荐一本书，一个叫岸见一郎的作家，是个体心理学之父阿德勒的忠实追随者，写了《被讨厌的勇气》一书。书里说，"自由就是不再寻求认可"，幸福感来自"他者贡献"。"他者贡献"是一颗人生的引导之星，只要这颗星没有迷失，"我"就不会迷失，而且做什么都可以。

后记

小时候听过一则寓言，"一只好幻想的狗"，说这只小狗不想做自己，它想成为小鱼、成为飞鸟、成为走兽，或者成为一棵树，可它最后发现不管成为了谁，都没有十全十美，最后它还是做回了那只狗。你有曾想过要"变成别人"吗？想想自己小时候还真有过这样的想法，无非就是想有得吃、有得玩、能自由自在。但你永远也不可能成为别人，只能成为你自己，能做的就是做好自己、照顾好自己，成为自己想要成为的样子。

心灵花园

自我同一性2

青少年对自身的关注变得敏感，诸如"我是谁""我想成为什么样的人"等问题几乎引起每个青少年的思索。有学者认为，青少年的自我同一性至少包括三个方面的体验。首先，他感到自己是一个独特的个体，虽然可能和别人共同完成任务，但是他是可以和别人分离的。其次，自我本身是统一的，自我有一种发展的连续感和相同感，我是由童年的我发展而来的，将来我还会发展，但是我还是我。最后，自我设想的"我"和自己体察到的社会人眼中的"我"是一致的，相信自己的目标以及为达到这个目标所采取的手段是能被社会承认的。爱利克·埃里克森指出，青少年时期（12—20岁左右）一个核心问题是自我同一性的发展，个体第一次有意识地回答"我是谁"的问题，这一阶段的冲突是：同一性和角色混乱。

感受即真实
——青春期成长故事

"与众不同"的感受

01

最近班级家长群闹开了，原由是关于空调的问题。

小荟（化名）总是觉得空调开得太冷、风太大，就跟班长要求把温度调高、风调小或者把空调关上。而小新（化名）就会嚷嚷着热，不允许班长去调空调，还骂小荟"矫情"，两人在班里争遥控器，闹得不愉快。

回家后小荟把这事告诉了妈妈，说班里空调温度开得太低了，风吹到自己觉得很不舒服，但有同学不允许班长去调空调，还骂她。妈妈建议小荟自己去跟班主任桂老师沟通一下，看能否换一个座位，就是离空调相对比较远、风不能直接吹到的地方。

小荟听了妈妈的建议，找到桂老师说明了情况。

"嗯，可以，那就把你调到靠后一点靠墙的位置吧，但是座位每周都要轮换的，不能保证每次轮换后风都吹不到哦，如果怕冷你也可以带一件外套来学校哈。"桂老师答复。

没曾想换了座位之后小荟依然感到有风，她在班长那拿了遥控器把温度设定到28度，还把遥控器藏了起来。这回班里大部分同学都觉得热，无法安心上课，特别是小新，课间又跳出来骂小荟，叫嚷着让她立即交出遥控器，不然就搜她的书包抽屉。小荟哭了，班长赶紧把桂老师叫过来才平息事端。

小荟妈妈这回不情愿了，当晚就在班级家长群里说教室空调温度开得太低，建议环保，温度调到26度以上。另外，感觉班级个别男生缺乏家教、喜欢骂人，建议家长加强对自己孩子的教育。

这段文字一发出，就引起了部分家长的强烈回应。有的发文字表示设定26度温度太高，目前天气那么热，教室不大学生又多，肯定会闷热；有的则发表情图片表示怀疑和不认同，或许是对于"班级个别男生缺乏家教"的说法表示反感吧。

班级家委会会长把这事截图转告了桂老师，里面还包括了小荟妈妈和小新妈妈后来的"唇枪舌战"。

02

桂老师感觉有点烦恼，怎么会有这么难搞定的家长，她找到今老师想听听她的建议。

原来之前小荟妈妈就有因为教室座位的事跟桂老师沟通过，说小荟不能坐得太靠前，因为老师们用的话筒很嘈杂让她觉得不舒服；但也不能太靠后，因为她个头比较小，坐得太后会被前面同学挡住黑板。关于空调的事也跟她沟通过，希望班主任能够出面规定一下教室空调的温度，不能完全让学生自己来随意摆弄。

"总觉得她妈妈喜欢干涉班级的一些日常事务，班级那么多学生，一个孩子就有这么多要求，如果每个家长都如此，班主任怎么顾及得过来呀？！"

看样子这事还不是一天两天的了。

"而且她妈妈每次给我发信息都是一大段一大段的文字或语音，有时一大早发，有时晚上很晚了发，还得及时给她回复和解释，确实有点难以应付。"

"那这个问题你觉得如何解决才好呢？"今老师问。

"就是呀，众口难调，如今家长又参与进来，真的头疼。"

今老师跟桂老师分享了她最近接待的另一个咨询，来访人是一个小学低年段男生的父母。这个男生的情况跟小荟很相似，在班级里不管是坐在哪一个位置都觉得空调有风不舒服，还有觉得教室里的灯光太亮太刺眼总是去关灯，但教室里

感受即真实
——青春期成长故事

不可能不开灯呀。据父母说，他从很小的时候开始听到大一点的声音就会哭闹，看到霓虹灯一闪一闪的就很焦躁不安，晚上上床睡觉前、后家里也不能有一点声音，否则就会睡不着或惊醒过来。

其实这是一种感官高敏的表现，对绝大部分人来说是正常的听觉、视觉刺激，可能对他们来说产生的是不舒适感或痛觉，就像小荟对空调冷风的感觉，哪怕是被吹到一丝风她都可能感到难受，这与加不加外套没有多大关系。

桂老师听了今老师的解释，感觉似乎对小荟多了一分理解，没有之前那么愤愤不平了。

"其实这一类也是属于特殊需要的孩子，因为他们有可能对外界各种刺激过于敏感，所以有时候还得特殊情况特殊处理"，今老师进一步说，"你觉得解决学生或家长由此而引发的争端最简单的方式可以是什么呢？"

桂老师听了即刻有了想法，其实之前想过空调挡风板，但是觉得似乎也不是必须的，现在可以尽快安排装上。还有座位的问题，如果小荟实在难受，那就允许她坐在风吹不到的那个位置吧，其实也没什么大不了的，尽量调整做到满足不同的情况和需求。

是的，凡事指向解决问题问题才能得到妥善解决，当个班主任真是需要多面手，要协调班级方方面面的事情。

03

然而没过多久，小荟又与坐在她后面的男生小北（化名）发生了矛盾，课间她气着冲进了年级老师办公室，找到了桂老师。

从她讲述的表情来看应该是很厌恶小北的行为。其一，小北总是把他的课桌靠着自己的椅子，他要么喜欢摇晃他的桌子，要么经常踢她的椅子，她把椅子往前挪，他就把桌子往前挪，导致她的座位越变越窄；其二，最不能忍受的是小北每次找她，不是拍她的肩膀就是直接用笔戳她的后背，她觉得很烦，他还不耐烦地大声叫"怎么啦，找你有事！"因为这些事情她已经跟他沟通过无数次了，不要总踢她的椅子、不要拍她戳她的后背,但没有用,实在是受不了啦。

桂老师立即想到了今老师之前说的小荟有点敏感,或许是反应过度了?不过她想到自己读中学的时候也遇到过类似情况。那个年代他们学校用的是那种翻盖的课桌,坐在后面的那个高大个子女生每次拿东西时就把桌盖往前方一掀,有时就直接打到自己的背上,真的很疼。当时自己胆子小,只是带着不满的眼神回头看看,不敢直接跟那个女生"反抗",后来找了班主任说了个理由给自己调了座位,选择了逃跑,换位之后就没有出现过类似情况了。有这样行为的学生毕竟还是极少数,但遇上了确实很让人烦恼。

"我不喜欢别人碰我,特别是他又是一个男生,真的很讨厌!"小荟特别强调。

唉,怎么弄,桂老师心里琢磨,类似这种情况也不需要再找今老师求助了,可以预测今老师肯定会"站在"小荟一边,要么让自己去跟小北沟通、注意他的行为给别人带来的影响,要么就是给他俩调座位,以解决现实问题为导向,尽量"大事化小、小事化了"。

行,这两天找个机会干脆在班级再调一下座位吧,对班主任来说,安排座位也是一门学问。

04

桂老师遇到今老师,"吐槽"了因小荟的投诉又给班级大调了一次座位,今老师感叹当个班主任真是不容易。

不过,今老师提到一个词语,叫"触觉防御",或是触觉的过度敏感,比如有的人对于一般的、无害的触觉刺激可能会产生不舒服感或痛觉,有嫌恶的情绪体验和躲避的行为,也可以说是高敏感的一种表现。

说到这个话题,今老师跟桂老师聊起了自己的一个老同学筝,她就是一个高敏感的人,人很聪明、觉察能力很强。比如她家装修改造客厅的门廊,她一看就发现门的两边砌的墙有一边不直是斜的,装修工人不承认,结果拿一个特殊的工

感受即真实
——青春期成长故事

具一测，果真一条墙边离垂直还差那么一点点，装修工人都觉得佩服。还有一次挂画，她看着就说画框的底边不在一条水平线上，家人不相信，用尺子一量，果真歪了一点点，家人说她是"明察秋毫"。

但筝也因此而烦恼。比如，一家人坐车外出，收音机的声音只要调大一点点她就觉得耳朵难受，不管多悠扬的音乐、多好听的歌曲，她都很难安下心来欣赏，因为对她来说这些都是噪音，在伤害着自己的耳朵，而家人又觉得声音小没有听觉效果，总会觉得别扭。还有，同事、朋友一些熟人或公众场合一些陌生人的聊天大笑，她会觉得好吵，人变得烦躁，她就会尽量避免出席这样的场合。对，再就是气味，别人闻不到的她能闻到，她不能闻一些特殊的味道，会感到刺鼻、头会痛，特别是烟味，周围只要有人吸烟她都能第一个闻到，她会感觉透不过气，就要赶紧屏住呼吸、捂住鼻子，想方设法离得远一点。而这些行为让身边人感觉她有些奇怪，其实只不过是周围的这些刺激对她来说比别人有着更强烈的感受而已。

"筝也是不喜欢别人的肢体接触，特别是不熟的人。"今老师说。

"是的，班上同学也觉得小荟有点怪，对什么事情都有点反应过度，还很烦躁，估计也是因为觉得班级很吵让她感到不舒服吧，唉！"桂老师的这一声叹气感觉有点无奈。

❺

感觉似乎风平浪静地过了一段时间，桂老师又为小荟的事情发愁了。

这次她要求小组成员联名签字要把小北"剔除出组"，理由是小北要么因课堂纪律不佳、要么不交作业等行为令他们小组总是被扣分，每周评价不但拿不到奖励还经常被批评，所以作为小组长她提议把小北"开除"出组。但小组成员里有与小北关系不错的男生，于是只有女生签字，几个男生不愿意签，她就要把男生们都分出去，闹到了班主任那。

说实在，桂老师这次认为是小荟的做法有点过了，虽然小北是课堂表现不好、学习成绩不良，但也不能鼓动小组成员联名"排挤"他呀！考虑小荟的情况有点特殊，不能太"刺激"她，就把她带到了咨询室。

虽然今老师与小荟的接触，除了在七年级的心理课堂上其他都是听班主任反馈的，但见到小荟依然会有一种熟悉的感觉，而小荟对今老师似乎也很信任。

"我就是烦他，是他自己的问题，他还不承认，还拉拢小组的其他男生不让他们签字。"她依然愤愤不平。

"嗯，你是一个很有团队荣誉感的组长，如果我们遇到了这样的组员，除了开除他还有什么其他的办法可以解决问题或帮助他吗？"今老师问。

"我们组的女生都很烦他，不想继续跟他一组。"她强调。

"那你觉得怎么解决这个问题好呢？"桂老师问。

"不知道，只要不在我们组就好。"她回答得很肯定。

今老师看看桂老师的表情，感觉这个问题有点难办，有可能不管把小北换到哪个组都会遭遇不欢迎。

"可以试试看哪个小组自愿接收他呀！"看到两位老师都没有出声，小荟突然说。

桂老师看了今老师一眼，她还是不能认同小荟的做法，"如果同学们也这样对你，你会怎么想呢？"

"不知道……我也不知道同学怎么看我，可能会觉得我这个人很怪吧，有同学说过我很'我行我素'，我想这应该还算客气的。"她抿嘴笑了笑，这种笑容感觉有点超乎她的年龄，似乎"看透一切"的感觉。

"那你怎么看同学觉得你怪呢？"今老师问。

"还好吧，我就是觉得自己比较有个性，看问题比较敏锐吧。"小荟对这个问题并不存在太大的困惑。

桂老师回想起来，她确实是比较有个性，刚入学的时候是一个扎着长马尾的秀气女生；过了大半年突然把自己的头发剪得几乎比男生的还短，感觉整个人气质都变了；而如今是齐耳的女生短发，不过后脑勺上还高高束起了一个"冲天炮"似的小马尾，一看就与别人的不同。

感受即真实
——青春期成长故事

至于小荟的分组问题到后面已经不是谈论的主要话题了，小荟也没有再纠结这个问题，似乎也不是那么紧要了。

06

此后，小荟主动加了今老师的QQ好友，而且不管是在校内还是校外偶遇，她都会跟她打招呼，点头、微笑或眼神示意，很得体和有礼貌。

一个周末，小荟在QQ上跟今老师联系，说近期看了一本书，丹麦心理治疗师伊尔斯·桑德所著的《高敏感是种天赋》，她觉得自己就是这种高敏感的人。高敏感者在人群中的比例还比较高，说是五个人里面就有一个，他们具有与众不同的神经系统，能更深入地感知信息，比如更能察觉到环境或人际中的细微之处，对各种刺激的反应也会更强烈。

其实有一段时间她也很迷惘，因为对各种刺激的敏感必然会带来人际方面的困扰，现在她更能了解这样的自己，首先学会调整好情绪，再看如何以更合适的方式去适应问题。

感觉成长中的小荟最大的性格优势就是她的洞察力和自我调节能力，而且她也懂得寻求帮助。是的，事物都有两面性，如果首先不把"高敏感"这个词看作是一个贬义词，而仅是一个中性词，它不是缺点而是一个特性，就可以尽可能地发挥"高敏感"的优势，成为一个有"高敏感天赋的人"。

看着小荟的留言，今老师感觉心理学书籍真是一个好东西，特别是对于高敏感者，它是一个忠实而安静的好伙伴，真正达到了"助人自助"！

最近，为了响应市政府"能耗双控"节能工作，学校发通知告知"夏季室内空调温度设置不得低于26摄氏度……严格执行空调温度控制标准，发挥表率作用"，小荟听到桂老师在班级传达的通知精神，心里乐开了花。

后记

新冠肺炎疫情起伏不断，防疫"三字经"里明明写明了"戴口罩，讲卫生；

打喷嚏，捂口鼻"，可桂老师发现很多人打喷嚏时并不会去捂口鼻，还怎么舒服怎么打，特别是有的人在堂食吃饭时还偏过头对着别人的饭桌方向打，真是无语！更好玩的是有不少人本来戴着口罩，要打喷嚏了会把口罩拿开，打完之后再捂上，这可真是神操作呀！还有一件让她觉得"恐怖"的事，就是每天要坐电梯，如果有人在电梯里打个喷嚏简直是无路可逃，所以每次在电梯里都心难安。一天晚上桂老师跟家人一起在小区里散步聊天，经过一栋楼时她听到高楼里传来了"啊嚏——"好大一声喷嚏声，她加紧往前走，希望赶紧走得越远越好。家人都很奇怪她为什么突然加速了，"有人打喷嚏，从楼里传出来的，你们没有听到吗？"在场的家人都在边散步边聊，谁还有一只耳朵用来听喷嚏声呀，自然是没有人听到，不该是幻觉吧。再往前走了一段，前方又有人打了一个喷嚏，一听就是没有捂住口鼻的那种，桂老师这次是停下来不走了，不敢过去那边了。"这回你们总听到了吧，前面又有人打喷嚏了。"居然答案还是一样，没有人听到。难道是自己对喷嚏高度敏感了？

心灵花园

高敏感

高敏感是一种生理特征，在同样的情形和刺激下，每个人的神经系统的受刺激程度各有差异，这种接受刺激程度的差异意味着具备高度敏感的人能观察到的刺激程度的等级，别人无法注意到。主要体现在具备这种特征的人群常常能感受到别人忽略的微妙事物；会自然而然地处于一种激发状态，受到激发的速度往往比别人快，从而会让他们自己感到不舒服。有研究者称，具备高度敏感的人常常表现出非凡的创造力、洞察力、激情和爱心，并需要更多时间来独处。

感受即真实
——青春期成长故事

不和"学习"过不去

01

"妈妈,我不想去上学!"

你的孩子有没有对你说过这样的话?你的孩子第一次说这样的话是什么时候?你听到时是什么反应?你是如何回应的?

"不去上学怎么可以?!不去上学你将来只能扫马路、端盘子、送外卖……你必须去上学!"

你会不会因为愤怒这些话脱口而出,哪怕你知道他们也是自食其力求生存,但你依然不想让自己的孩子将来从事这些职业,在这个人才极度"内卷"的时代,你的孩子必须好好学习,考上一所好高中,将来上一所好大学、谋一份体面的工作。

李老师依稀记得自己的孩子也说过这样的话,至少小学、初中、高中都有说过。

"不想去上学,不代表不去上学嘛!从'不想到不去'还有一个过程,如果孩子说'不想去上学',说明他有情绪或是遇到了困难,想跟父母发泄或吐槽,或许他也想试探父母对自己不去上学的态度。这时不急于批评指责或讲道理去试图说服孩子,而是了解孩子'不想去上学'背后的原因,再一起想办法解决现实困难。但是如果因此发生亲子矛盾,再加上青春期孩子的叛逆和反抗,就有可能真的不去上学了。"

这是李老师所想的，所以每次孩子说"不想去上学"的时候她都不会马上否定孩子的情绪和想法，而是与孩子一起探讨"不想去上学怎么办，你想做什么，你有什么想法"，而每次聊完之后孩子该上学照样去上学了。

当班主任这么多年，李老师听说或见过太多不愿意来或者不来学校上学的孩子，从幼儿园到大学都有，各种原因，无非是家庭的、学校的、社会的或自身的，是一类非常令人头痛的问题。

"拒学"或"绝学"，有没有听过这样的词？

据说"拒学"就是拒绝或逃避上学，表现为很少正常上学，情绪消极；"绝学"，听起来感觉像是指那种武林独门绝技，但目前好像是指那些"弃绝学业"的行为，就是完全不来上学。

是啊，孩子们是从什么时候开始就失去了"学习"的快乐呢？

这些"拒学"或"绝学"的孩子真的就是跟"学习"过不去吗？似乎也不是，或许当"学习"变成了只是学习——学校里的学习和考试的时候，他们就开始不喜欢了吧。

02

小槿（化名）就是这样一个孩子。

在李老师的印象里，小槿就是那种"除了学习成绩不好其他都还ok的孩子"，但就是因为学习成绩不好，所以不能称他为"好孩子"，因为学校教育对一个学生的评价主要还是以学习成绩来作为标准的吧，这个"应该"是最客观的。

学生学习成绩好，"一好遮百丑"，评优评先不受影响；学生学习成绩不好，那就没有办法，评优评先自然是轮不到小槿。

所以当今老师向李老师反映小槿"要么趴在桌上睡觉，要么画画，整天感觉无精打采，刚开始我会轻轻地敲敲他的桌子，他会抬一下头，然后会再继续趴着或者在一个小本子上画画，完全不理会，之后只能随他了，只要不影响课堂上课"的这些情况时，李老师也表示无语，因为小槿在很多课上都是如此，包括她

感受即真实
——青春期成长故事

自己的课，一点面子都不给。

但话又说回来，小槿每天准时来学校上课，从来不迟到、不早退，作业虽完成的质量不好，但都会动笔写。而且小槿下课很活跃，似乎一下子"活过来"了，跟同学说笑、聊天，判若两人。

一次上某科课，小槿不听讲，又趴在桌上随意地画着，当堂老师实在忍无可忍，收掉了他的画画本。他居然冲出了教室，一人躲到楼梯口角落处坐了一节课，害得李老师一顿好找。

今老师跟李老师建议，还是得找小槿的父母来学校聊一次，她也一起参与。

其实，在这个班级里李老师跟小槿父母的沟通不算少啦，但每次沟通都有一种无力感，感觉小槿的父母也没有更好的办法，他们认为只要小槿每天愿意去学校上学就可以了，在学习成绩方面对他没有过多的要求。

③

这次谈话有点阵势，小槿爸爸、妈妈，李老师，今老师，现在很多学校咨询都是以这种家校会谈的方式进行。

与之前李老师跟小槿妈妈之间的沟通不同在于，今老师对小槿"小时候"的事情进行了更详细的了解。

原来小学一、二年级小槿的学习成绩还不错，都在90分以上，但从三年级开始成绩下滑，特别是数学，父母免不了会指责他，说他"学习不认真、马虎"，有时甚至会打骂他。小槿自己也着急，他是一个努力的孩子，但成绩还是越来越不理想。到小学五年级时，小槿经常说不想去上学，有时还闹脾气，但在父母的"威逼利诱"下还是每天都去了。父母还想着要不要给小槿留一级，打好基础，不然上中学了更是一个问题，当时还去找了学校的心理老师文老师咨询。

"咨询的情况怎样？"今老师问。

"当时文老师仔细问了小槿的学习情况，包括他小时候字会写得很大、歪歪扭扭的经常出格子，数字或字母会写反，阅读的时候会跳字漏字，随着学习难度的加大更加明显。文老师说孩子写作业或考试时经常出现的一些看似不应该犯的错误其实不是粗心，是一种认知和特殊学习技能的困难，如在我们常人眼里看到的文字、数字或字母在他眼里可能是不一样的，或者还有数字记忆不良、计算技能障碍等等，留级并不能解决根本问题，他同样要不断面对各种新学的知识。她建议我们带孩子去医院找心理医生进行专门的治疗和训练。"

"哦，还有这么一回事呀！"李老师第一次听说，"那后来的情况怎样？"

小槿的父母告知，后来他们去查找了一些资料，对比了孩子的表现，觉得就如文老师所说这是一种特定"学习技能发育障碍"，一下子感觉孩子挺可怜的，对于他们之前对孩子的态度也很愧疚，就没有再像之前那样因为考试成绩不好而责骂他，而是告诉他只要尽自己的努力就好了，谁知到了六年级孩子更加不喜欢学习了。

"你们带小槿去医院看了吗？"今老师继续问。

就小槿目前情况来看，如果看了，效果暂时还不是很理想。

李老师想起之前一个"厌学"的学生对她说过的话："我就是有进步了也得不到表扬和肯定，因为不管我怎么努力都没有其他同学学得好，那我还努力做什么呢？"

因为学不好，打击到她的自我价值感，让她失去了学习的动力和勇气。由于自身的原因，她本是需要更多的时间和更多努力才可能达到与同龄孩子相近的效果，而在这个过程中她每天要面对来自父母或外界对她的比较和评价，哪怕有一天她掌握了某个知识或技能，她对自己的感觉也不ok，因为能力形成的过程太痛苦，她已逐渐失去了对自我的信心。难怪有一些学习成绩很好的学霸依然不自信可能也是这个原因吧。

估计当时的小槿也有同感吧。李老师也很想多表扬小槿啊，但他总要有值得表扬的地方呀！真的好难。

04

而对于小槿目前的情况,怎样激发他的动力呢?这其实是一个大课题,如果他自己不想,谁都很难推动他,就如同马戏团里那只被"小绳索"拴住的大象。

"我看他课堂上喜欢画画,有没有可能从画画入手,这也是将来可以赖以生存的一门技能呢。"今老师建议,可以早一点引导孩子做职业规划,眼光放得更长远一点,一起帮助孩子找到他喜欢或擅长的方向。

这时李老师的脑海里浮现出一个朋友家的孩子。那孩子上小学一年级的时候去学校两天就开始自己往家跑,就是不愿意坐在课堂上学习,最让李老师佩服的是这个朋友接受了自己孩子的现状,把她送到了一家"私塾"——实际上就是在一个老师家里接受教育,没想到那里还有大大小小好几个类似情况的孩子。他们平日里学习如何生活,一起做饭,唱歌、跳舞、运动,经常走进大自然,看看蓝天,听听大海,写写生,听起来还挺让人羡慕的。对,那孩子就是对画画特别感兴趣,后来就朝着这个方向培养和发展了。

唉,作为班主任老师,不好推荐小槿家长也这样去做吧!

恍惚中,李老师似乎听到小槿的妈妈说之前尝试过学画画,但小槿认为自己画得不好,不愿去学,只是喜欢自己随便画画而已。

最后,今老师跟家长达成了一致,目前是义务教育阶段,只要小槿愿意就尽力鼓励他来学校上学,暂时不逼他应该怎样,这时保护他的自尊更重要。他虽然不喜欢学习,但还是来了,说明他有基本的责任意识,知道自己是一名学生。

还是这个问题,来了就真的可以了吗?如果没有达到来的效果,岂不是在浪费时间、耽误孩子?李老师的心里很疑惑。

不过,结束的时候,今老师跟小槿父母强调,此阶段父母对孩子的心理支持非常重要,要保持良好的亲子沟通,寻找契机。目前孩子正处于困境之中找不到方向，或许他也不知道自己想做什么、能学什么，说不定什么时候时机到了孩子就"开窍"了。

这个提议李老师倒是表示赞同。

在一次信息技术课上，小槿发现自己对动漫还挺喜欢的，他的作品"一分钟的选择"还得到了信息老师的赞赏和推荐。在父母的支持下小槿参加了专门的学习班，初中毕业后去了一所职业技术学校学习"动漫设计"专业。

这真是一个不错的结果。

05

是的，努力不一定有结果，但不努力就连现在的结果都没有。要相信，每个人都可以找到兑现自己能力和价值的平台，每一份的努力都不会白费。

李老师看过心理教育专家刘道溶老师所著书籍《让孩子顺应天赋成长》，她想到了自己的古琴老师。这是一个90后女孩，自诉不喜欢读书上学喜欢艺术，父母就把她送到一个书院里，琴棋书画，拜师学艺，似乎回到了古代那种"师徒传承"的模式，主要专修古琴，把一件事做好、做好、再做好，出师后成为了一名很棒的古琴教师，自食其力。

还有在某一届的奥运会上，有一个十几岁的奥运小冠军小煊接受记者采访时很可爱，他说自己小时候读书差，不喜欢读书喜欢玩，被选上去体校时就想着不用学习了。结果他成长为了一名世界冠军，以3个满分的成绩打破了该项目的世界纪录，被往届该项目冠军和媒体冠以"体坛天才"。

俗话说"条条大路通罗马"，人生之路可以有很多的选择，但绝大部分家长还是希望自己的孩子走好中考、高考的学习之路，一旦有所偏离就会很焦虑，觉得前路渺茫。但是想想，如果孩子因各种原因"学习成绩不好"就一无是处了吗？或者他们的人生就注定失败了吗？

当"学习"的视角被打开的时候，眼前的问题或许也没有那么严重，在学

感受即真实
——青春期成长故事

校学习中成绩不好并不代表就没有了未来。从长远来看，"学习"的范畴实在太大了，我们无需跟这个"学习"过不去，因为除了这个学习之外，还有更广阔的"学习"天地等着他们去自由地翱翔。

后记

有人因为不能学习而烦恼。据中国失学儿童调查报告显示，全国义务教育阶段的学生约有1.8亿人，其中失学儿童有2700万人，如果加上进城谋生的农民工子女等以及统计误差因素，保守估计失学儿童也在5000万人左右，占应受义务教育学生总数的27.78%，其中农村初中流失比小学要严重得多（有待考证）。同样，有人因为要学习而烦恼。据校内对小学高年段学生及中学生的调查，有93%的学生在学习上存在不同程度的烦恼，主要集中在：作业太多，考试压力太大，考试排名，父母要求高，升学压力大等等。近日国家三胎的开放，相继颁布了"双减政策"，并采取了一定的措施，如加大力度整治校外学习辅导及培训机构、小学开展寒暑假托管服务等等，希望可以从不同方面有效的为学生减压减负。

心灵花园

习得性无助

习得性无助（Learned helplessness）是指个体经历某种学习后，在面临不可控情境时形成无论怎样努力也无法改变事情结果的不可控认知，继而导致放弃努力的一种心理状态。"习得性无助"是美国心理学家塞利格曼1967年在研究动物时提出的，他用狗做了一项经典实验。起初把狗关在笼子里，只要蜂鸣器一响，就给以难受的电击，狗关在笼子里逃避不了电击。多次实验后，蜂鸣器一响，在给电击前，先把笼门打开，此时狗不但不逃而是不等电击出现就先倒在地上开始呻吟和颤抖，本来可以主动地逃避却绝望地等待痛苦的来临，这就是习得性无助。

习得性无助产生的抑郁、绝望、意志消沉等心理偏差，正是学生在学业不良状态的长期积淀导致了非智力品质的弱化。当一个学生一次次地参加考试，一次次地考不好，久而久之他会对学习失去信心，甚至产生厌学情绪，如上课不喜欢听讲，经常走神，有时还会扰乱课堂纪律，从而会主动放弃努力。

感受即真实
——青春期成长故事

第二章

情绪困扰，
　　起伏的波澜

情绪是一个很有意思的东西，有愿望和需要来撑腰，不管你愿不愿意，它无时无刻地不在影响着你。如果一个人可以随时随地、随心所欲地调控自己的情绪，就不会有那么多人间烦恼了。

感受即真实
——青春期成长故事

失去的快乐

01

现在已经是深圳比较热的五月天了,她坐在咨询室的沙发上,依然穿着长袖的校服外套。青春期的孩子就是这样的,大冷天有穿短衣短裤的,大热天也有一直穿着长袖外套的,并不稀奇。

班主任邓老师指定小珮(化名)来跟心理老师聊的原因是近期她经常在教室里哭,听学生反映还有自伤行为。

小珮不是那种接触被动的学生,她似乎愿意说,但说话声音比较小,语速也慢,可以看得到她在使劲转动自己的脑子,但是有点无力。

她的主要烦恼在于,最近心情不好,而且一大早起来就莫名的不好,总是想哭,感觉随时随地眼泪就能冒出来。如果非要说发生了什么事情,就是班级有几个男生说她胖,有几个女生喜欢捏她的脸,说她的脸软软的有弹性。她不喜欢别人这样对待她,也表示过抗议,但同学们还是这样。

"那你觉得自己的身材怎样?"今老师问,在她眼里小珮应该就是脸上有婴儿肥的那种,其实身材看上去还正常。

"很胖。"小珮低声说。

今老师问了一下她的身高、体重,让她算一算自己的体质指数——体重(千克)/身高的平方(米^2)。19.1,中国的标准范围是18.5—23.9,看着这数据小珮并不为之所动。

"我最近脑子很乱,不想听课,不想写作业,学习没有动力,以前喜欢的事情也不想做了。我不想呆在学校里,只想在家和爸爸妈妈在一起,但他们不理解我,非得逼我每天来学校。我也想高兴起来,但做不到,很想发泄。"

"最近吃饭、睡觉怎么样?"今老师问。

"没有胃口,有点睡不着,早上也醒得早,白天总犯困,好累。"小珮有点有气无力的样子。

"你最不开心的时候会做些什么呢?"今老师继续问。

"我只觉得挺没意思的,现在学习成绩也在下降,学也学不进去,感觉脑子坏掉了。"

据邓老师反馈小珮之前的学习成绩还是不错的。

"那你最难受的时候会做些什么,有没有让自己感觉好起来的办法?"今老师还是揪着这个问题。

"割自己的手腕。"小珮淡淡地说。

像这样直接而坦诚的回答还真不多,她还是有求助愿望的。

"可以给老师看看吗?"

小珮没有推脱,卷起了左手衣袖,左前臂比较密集的十几道印痕展现在眼前,深浅不一,多数颜色已经比较暗深,但可以看出割的时候应该都有出血。

怎么下得了手呀?!而可能在她眼里,这更像是自己的一个作品,每一道都有一个故事,每一道都代表了她在当下的情绪和动机。

"下面老师问你一些问题,你如实回答就好了。"今老师为小珮做了一个简易抑郁情绪筛查,分数显然超过了临界值。

看着小珮的表情,有一种浓浓的"乌云密布"的压抑感,今老师都感觉自己的胸前似乎被什么绑着,有点透不过气。

02

"你爸爸、妈妈知道吗?"

感受即真实
——青春期成长故事

小珮摇头，不知道是表示父母不知道还是不知道他们知不知道。

除了认知、情绪的自我调节之外，得告知她学校这边需要约见家长。

第二天，爸爸、妈妈应邓老师之约来到了咨询室，他们跟小珮反馈的情况相似，但听到令老师反映孩子手臂上有割伤时还是很震惊，他们真的一点都没有察觉？！

"你们平时从来没有看到过她的手臂？"邓老师也觉得不可思议。

小珮妈妈抱怨孩子成天穿着长袖衣服，在家里也是如此，冲完凉就回自己房间关门睡觉，似乎真的没有去留心她的手臂。

小珮爸爸坐在一旁很少发言，这回忍不住反馈了一个信息。小珮小学毕业那一年，班级出了一件大事，一个学生在家里自杀了，那孩子跟小珮和另外几个女生关系不错，当时学校就立即对全班同学进行了集体心理疏导，还对她们几个接触密切的孩子进行了个别约谈。那段时间她明显话少了、笑容少了，但感觉应该走出来了。之后听说其中有一个女生一入中学就出现了自伤行为，不知道是不是因为好朋友的离开让她一直没有走出来。

小学生，还那么小，就选择结束自己的生命，她是有多痛苦而不想再继续停留在这个世界上！真的令人心痛。而同样是小学生，面对好朋友的突然离去，悲伤、恐惧，或许还有自责、愧疚，应该不是一时半会儿就能恢复平静的吧。

考虑到学生的生命安全问题，两个老师目标一致地建议父母尽早带小珮去正规心理医院就医，评估孩子的情绪问题及自杀风险的严重程度，听取心理医生的专业建议。

为了方便沟通，邓老师还拉了一个家校沟通微信群，取名"学生健康成长关爱群"，以方便后续的观察和跟进。

"不知道小珮父母会不会带她去医院看。"聊完之后邓老师感觉很不放心，根据他以往的经验，去不去医院看、会不会遵医嘱服药，真的只是监护人说了算，但不管怎样目前家长知道了孩子情况比较严峻应该还是会重视和关注吧。

03

紧接着一天一大早小珮就跑来了咨询室，情绪十分激动。哭诉因收作业的事情被同学议论说她脾气大，好友小任站出来帮她说话遭到班级同学非议，结果小任也不理她了，自己没有朋友了，并跺脚痛哭。

看着她伤心难受的样子，今老师坐在了她的身边，轻拍着她的背，鼓励她充分倾诉出来。

小任是她在班里唯一的朋友，之前另一个要好的同伴小唯不仅远离她，还鼓动其他同学不跟她玩，甚至还孤立继续与她交往的小任，她觉得很对不起小任。而现在，小任也不理她了，她太伤心了。

还有，她越来越觉得自己胖，不想吃东西，要减肥，其实也吃不下。晚上在家觉得好无聊，不想学习，之前还计划着要做这个做那个，现在觉得任何事都没有意思，做什么都会想为什么要做、有什么意义，有时觉得自己如同"行尸走肉"，只不过还在动而已。

"我不想让别人知道我来找心理老师了，爸爸妈妈说如果被同学知道了会认为我有心理问题，就不会愿意跟我交往了，但我又不知道要去找谁说，活着真的太难受了。"

今老师感觉小珮的情绪处于纠结与激越状态，自己此刻可以做的就是陪伴和安抚情绪。

青春期孩子非常在意同伴关系，也很在意自己在同龄人眼里的看法，同伴人际困扰对于小珮的情绪来说无疑是雪上加霜，让她感到很绝望，她也需要班主任的支持和援助。

今老师联系邓老师来到咨询室，此时小珮的情绪基本平复，大致了解情况之后让小珮先回班级上课了。

"其实小珮在班里有时容易生气，一生气就哭，同学们找她说话也有点不爱搭理，这或许也是同学关系处理不好的一部分原因吧。"邓老师分析，不过就小珮的特殊情况他还是准备在班级里做一下学生们的思想工作。

今老师在家校沟通群里反馈了小珮这次主动咨询的情况，小珮妈妈表示她在家里的情绪是有所好转的，也带她去医院就诊了，没看到手臂上有新的划痕，医生诊断为"情绪障碍"，除了交待家人要多理解陪伴，没有什么特别处理。

就医的病历家长没有提供，不知道医生在病历里具体写的是什么，而小珮的情绪也很不稳定，除了叮嘱定期就医就是安全问题，邓老师总感觉心里有些不安。

04

果然，据班级心理委员上报，小珮又割自己了，并且在个人网页上发圈，很多人围观。

今老师看到邓老师发在家校沟通群里的截图都感觉触目惊心：手臂上一道道刚划的印子，密密麻麻整齐地排列着，鲜红鲜红的，好几道上面还有几颗饱满的小血珠，过目难忘。

小珮父母的回复说估计是晚上冲凉时在厕所里划的，家里的刀具全部都收起来了，可能她自己又买了新的，有时候真的防不胜防。

因此，小珮第三次来到咨询室。

她看上去很痛苦，双眼像无底的黑洞，散发出一股幽怨。她自诉心情还是不好，开心不起来。自己很努力想调整但是做不到，在学校很难受，头很痛，很累，上下楼梯、写作业都觉得累。特别是体育课，觉得自己体力不行不想去上，不上又会被同学们落下，但又不想去练，很为难。

她觉得自己很没用，对不起妈妈、对不起老师。昨天妈妈摔了一跤认为就是跟自己有关，妈妈为自己付出那么多，很对不起妈妈。她不想来学校，但在家又没事可做，怎么做都难受，觉得对不起老师，特别是班主任邓老师。

听着小珮的哭诉，今老师感觉家长需要再次带小珮去医院就医已是刻不容缓。

"让妈妈再带你到医院去看看，好吗？"今老师问。

小珮没有拒绝，她可能也是想尽快离开学校……

这回，妈妈带她换了一家市级医院就医，心理医生认为小珮是抑郁障碍，有厌食行为，并且有高度风险，建议服药，最好能住院治疗。

小珮父母不想让她住院，决定先服药治疗，暂时请假在家休息调养，或许这样对她的恢复更加有利。

今老师也在家校沟通里推荐了世界卫生组织（WHO）拍的科普宣传动画片《I had a black dog》，希望大家对抑郁症能有进一步的了解。

05

三周过后，小珮来学校上学了。在这一段时间里，小珮父母几乎每天都在家校沟通群里反馈她在家里的情况，每天按医嘱服药，每周复诊一次，感觉一切都比较平稳，他们劝说小珮回学校上学。

不知一个有抑郁情绪的人如果有了自杀企图会有多大动力要去做这件事。一天小珮在教室外走道上走着，突然启动往前跑，跑到栏杆处抓着杆子抬脚就要往下跳，还好邓老师事先私下里交待的两个学生刚好陪在她身边，她们快速地反应跟着跑上前去把她给抱住了。这一幕被走道尽头的监控录像全部拍摄了下来，非常惊险，令人后怕。

接下来，小珮又跟同学透露在自己生日那一天有一个大计划，这个消息被上报给邓老师之后所有人都非常紧张，学校还让家长过来签署了"学生在校安全告知书"，反复强调关注孩子的安全问题。

事后小珮父母透露，他们无意中发现，小珮跟那个在其他学校就读的小学同学一直保持着联系，两人的情况都不乐观，感觉她们在相互影响。

06

在两起事件之后，邓老师总认为小珮的父母在这件事情上其实是不够重视的，之前没有带她去正规医院就医、没有及时采取有效措施，之后对药物的监

感受即真实
——青春期成长故事

管也不利,又急于"逼"她来学校,感觉她的情绪问题一直都没有得到有效控制,也大大地增加了安全风险。说实在,如果真的发生了极端安全事件,对家庭和学校都会是严重的伤害。

而这两起事件之后,父母也感受到了学校认为家长的处理不够给力,不再每天都在家校沟通群里汇报情况了,最多的就是跟班主任请假"今天孩子不想来上学"或是"今天孩子不舒服不来学校了"。

一次邓老师跟班级家委会的一个家长聊天聊到小珮,原来这个家长跟小珮妈妈很熟,之前小珮妈妈还跟她聊过孩子的问题。据这个家长所说,小珮父母后来有带她去外地看中医,并在服药,孩子的情绪比之前稳定了,体重有所恢复,但停经了一段时间,仍在调理中。家长的态度也有所改变,之前总认为小珮就是想逃避学习,情况并没有大家认为的那么严重,就是装的,现在开始认识到孩子可能是真的病了,愿意积极配合治疗,主要以调理月经、改善情绪状态为主。

有位儿少心理专家说,青少年心理危机如果经过专业干预90%有可能解除,这些都应该算是好消息吧。

今老师记得曾看过某权威电视台的一个人物访谈节目,主持人采访一个确诊为抑郁症的名人,其实想想一个公众人物要公开自己患有精神疾病是需要很大勇气的。对于抑郁症这位名人在节目中通过自己的切身经历强调了几点:一是抑郁症是一种疾病,不是矫情;二是得了抑郁症要吃药,需要通过药物治疗来进行改善;三是抑郁症通过医学专业干预是可以痊愈的。

后记

今老师参加一次心理专业学习,主讲嘉宾介绍的是"神经性厌食",就是人们常说的厌食症,主要见于13—20岁的年轻女性,其中13—14岁为高峰期,她想到了小珮。小珮开始的体质指数只有19.1,她觉得自己胖,要减肥,之后体重减轻更严重,还要节食,月经都受到影响,那小珮是不是也存在厌食症。有研究统计,厌食症中有抑郁情绪者高达25%—50%,有两点可以确定,厌食症不是缺乏或没有食欲,而是主动拒食;还有厌食症有体像障碍,体质指数17.5或以下依然要节食减重。有研究者认为，厌食症是抑郁症特别是青少年抑郁的一种变型表现；还有研究者则认为，具有抑郁症易感素质的人，在特定的家庭或社会氛围影响下，容易发生神经性厌食。但不管是哪种情况，都需要精神、心理科医生的医学专业介入，都不可掉以轻心。

心灵花园

抑郁障碍

抑郁障碍包括破坏性心境失调障碍、重性抑郁障碍、恶劣心境等，其共同点是存在悲哀、空虚或易激惹心境，并伴随躯体和认知改变，显著影响到个体功能。其中重性抑郁障碍是在2周时期内，表现出与先前功能相比不同的变化，至少有一项是心境抑郁——儿童青少年可能表现为易激惹，或丧失兴趣及愉悦感。除了体重变化和自杀观念之外，症状表现必须是每天都存在或能被观察到，而且能引起有临床意义的痛苦，或导致社交、职业（学业）或其他重要功能方面的损害。

据华中科技大学协和深圳医院赵巍峰博士介绍，目前临床上青少年的情绪障碍当中，带有双相特质的混合性抑郁非常多，也非常严重。其特征如下：一是他人难以识别，在特定场合通过代偿，谈笑如常，像正常人一样好；二是情感变化快，通过情感代偿，可马上破涕为笑，情绪波动大；三是难伺候、挑剔不满，服药依从性差，容易发脾气和挑食；四是情绪、行为表现较为夸张，明明不能坚持学习或工作，有时却表现得信心满满，要考最好的学校、做最好的工作，或是一点小事即嚎啕大哭，或表演性自杀、无目的游逛等。因家长对这类问题不够了解，很容易产生误解，认为孩子就是作得很，只是为了逃避现实、逃避学习，从而没有引起足够重视而延误孩子的及时诊治，有的甚至引发辍学、自伤等更严重的后果。

感受即真实
——青春期成长故事

一个人的"战斗"

01

在学校里,毛老师是最惦记我的,瞧,她明天又要送一个学生小森(化名)到我这里咨询,说是小森妈妈主动找来的,会陪着孩子一起来。

其实说毛老师"惦记我"是在夸她,因为毛老师是一个工作非常认真细致的人,而且她很重视学生的心理健康,只要是发现班上学生有什么问题,一般都会及时找我聊一聊,而且大部分情况她都可以自己搞定,有这样的班主任还真是省心。

小森妈妈,估计也是毛老师推荐找学校心理老师的吧。

按约定的时间,小森和妈妈来到了咨询室。小森留着比较长的男发,隔着妈妈一段距离坐下。

"你们好,我是今老师。"常规的开场。

"今天爸爸没有一起过来?"常规的补充提问,我记得应有交待"最好爸爸、妈妈一起来"。

"爸爸今天请不了假,太忙了。"小森妈妈回答。

"老师,你帮我分析一下我这孩子到底是什么毛病?"接着,小森妈妈就快速而直接地切入今天过来想要解决的问题。

原来,小森最近一周以来出现了一个"怪"行为:在学校的课间会去洗手间不停地洗手,一直洗一直洗,洗到下一节课快上课了才可能停下来,有时还会迟到；回到家总是换衣服，本来回家脱掉校服换一身居家服很正常，但他一个晚上要换好几套。

"他是不是有心理问题了？"小森妈妈大声而快速地介绍着"病情"，最后留下这个问题让我来回答。

小森则低着头一声不吭，似乎犯了大错。

我心里也在琢磨，"洗手，换衣，是强迫吗？"

是强迫就有点麻烦啦，得再确认一下。

02

"小森，刚才妈妈所说的，是这样的吗？"我把关注点放到小森身上，他即刻点点头，表示赞同。

"那你自己怎么看妈妈所说的行为呢？"

这时妈妈显然是嫌小森反应太慢，她皱着双眉催促着"赶紧说呀！"

"不知道，会舒服一点？"小森不急不慢地回答。

"哦，你做的时候会感到舒服一点，这个舒服是指的什么？"我继续问。

"没那么紧张，心里好受一点。"

嗯，原来如此，用洗手和换干净衣服来调节自己的心情，让自己感觉好一点。

"那这两个行为还会给你带来什么呢？"我再问。

"老师会批评我，让我不要洗，浪费水，上课还会迟到。妈妈会发脾气，骂我，不允许我换衣服。"小森有点委屈的样子。

"那你能做到吗？"这时妈妈瞪了瞪眼睛，大声问。

"嗯，如果是换衣服，而且晚上还没冲凉要换好几套，我想任何一个妈妈都会抓狂的吧。"我应是站在中立的角度？！

小森没吱声。

"你在洗手和换衣服的时候心里会不会纠结，明明知道没必要做但又控制不住要去做，不做就会难受？"我进一步确认。

"不会，就是要做了才舒服一点。"

嗯，"强迫"和"反强迫"似乎不明显。我想可能就是类似于有的成年人烦恼了会吸烟、喝酒、飙车一样，这些行为在我们眼里看起来都是"不好"的，但对他们来说却有意义，可以帮助他们缓解压力。

"最近有什么事情发生吗？"我问母子俩。

小森妈妈告知其实也没有什么特别的事情发生，只不过入中学还不久，感觉孩子的学习压力有点大，每天作业写到很晚。他小学成绩也不是很好，入中学后家长盯得更紧，加上近期各科小考，说教、唠叨自然也多了。

小森妈妈噼里啪啦地说着，根本没有关注孩子的反应。

可能很多家长沟通的时候都是如此，只顾自己说，没有留意听者是不是在听，是不是愿意听，认为自己只要说了就可以了，没有去想想说了是不是有效果，或许他们就是认定自己说了孩子就一定、必须去听去做吧。

其实，这不是"沟通"。

03

"小森妈妈你看一下小森。"我示意了一下。

小森妈妈这才转眼看了一下儿子，发现他的眼里似乎闪着泪光。

当父母感觉好像没有什么事情发生，但是孩子已经感受到了很大的压力——来自学习和入学适应的压力，他可能无法去跟父母说他的这些困扰，他真的听不懂、学不会，有的学科对他来说很有难度，因为他说了也没有用，父母可能只会骂他，是他不认真、是他笨，他焦虑、愤怒、委屈、沮丧，他积压的这一部分情绪让他很难受。而在学校，当他洗手的时候感觉自己会舒服一点；在家里，当他换上干净衣服的时候会感觉好一点。这些动作重复的过程会让他放松，于是他又可以去做他不是很想做但是应该做的事情去了。

在今老师的引导下，小森妈妈看到了孩子这两个行为背后隐藏的情绪和意义，而自己，不但不能理解孩子，还骂他、羞辱他，强行阻止他"如此荒唐"的行为，把他进一步往困境里推，小森妈妈很愧疚，哭了。再看小森，眼泪也下来了。

现在知道怎么做啦！似乎"洗洗手、换换衣服"看上去问题也没有那么大啦。那就——减压，全家一起来减压。当然，重要的还是需要帮助小森解决在学业方面的现实困难，而且是一家人齐心协力地一起想办法。可以看到小森的面部表情有点舒缓了。

临走时在我的提议下母子俩拥抱了一下，这对亲子双方可能都是一种疗愈，妈妈的眼里泛出了最柔的光。

一周后，我收到了毛老师的微信：小森上次咨询完之后就不再洗手、换衣服了，家人也在帮助他尽快适应中学的学习和生活节奏，家长表示很感谢。

看到信息连我自己都感到很神奇，这不是强迫吧，不然哪有可能这么见效！

04

由此，我不是被毛老师惦记，就是毛老师被我惦记。

"小森最近怎么样啊？""还好！"

"小森最近还好吗？""嗯，还好！"

"小森最近还好哈？！""嗯，还好！"

……

不知过了多久，小森妈妈还是被我给"惦记"来了。

"每天晚上写作业拖拉，每一门作业写了涂、涂了写，有时还撕本子，特别是英语作业本，有几个已经被他撕得剩不下几页了。好不容易作业写完了，整理书包，东西放进去拿出来，再放进去又拿出来，有时书包要整理一个多小时，时针就这么过12点了，看得着急。父母还不能说，一说就生气关门，最后干脆反锁着门，不给打开了。"小森妈妈的表达一直都很清晰、快速。

"他为什么要写了涂、涂了写啊？还有书包，要整理那么久？"我也觉得事情有点严重，依稀可以看到每天晚上12点以后那两个十分抓狂的身影。

感受即真实
——青春期成长故事

原来，小森一旦觉得自己书写不好就会涂涂写写地纠结个不停，还有就是反复检查。妈妈也跟他说了，"写这样子就可以啦、没事的"，但小森就是不听，依然要按照自己的标准来。其实之前也有过这样的行为，经妈妈劝说两句就ok了，但最近很严重，耽误很多时间。书包也是，整理书包要分门别类按顺序来，明天有哪些课本、哪些作业本、哪些试卷、哪些资料等等，带什么不带什么，先放什么后放什么，反反复复想，放进去之后还要再一一检查一遍，生怕漏掉，如果中间分神了或打断了，又要重新全部检查。为这书包的事家里也是不知道闹过多少次矛盾，有时爸爸气不过就去抢书包，但你不让他收他就说第二天不去上学，真的不知道怎么办了。

"小森自己怎么没有来？"我问。

"他说他不来了，是我们家长有问题，只要我们改了他就好了。"

呀！这是学校咨询的"副反应"吗？我不禁感叹，虽然有时我站在学生"一边"，但应该没有给学生传递过这种信息吧。

"他做这些事情时会觉得不应该吗？比如明明知道没有必要这样涂涂写写、反复检查，但又控制不住，不做又不能安心，很苦恼自己为什么会有这样的行为。"我得再确认一下。

"没有听他这么说，反正他就是这样做的，他自己不急不慢，我们是急死了。"

我感觉还是要把自己的大致印象告知小森妈妈。

"小森的行为可能是强迫，主要跟一个人的个性有关。比如做事注重细节、一丝不苟、追求完美，性格也比较胆小、谨慎、固执，处理问题比较刻板、爱钻牛角尖……"

"其实我们也听说过强迫症，最近查了一些资料，但总感觉自己的孩子应该不会是这种病。想想他爸爸的性格也是追求完美的，所以从小对他的要求也很高，用他爸的话就是'令行禁止''严格管理'，可能也是缺乏好的教育方法，孩子太拘谨、畏缩，现在遇到压力才会出问题吧。"

小森妈妈接过了话头。听到"强迫症"这三个字，感觉她没有太多的意外，她或许在反思，孩子应是近期又遇到了什么问题，或是其实问题一直都存在，只不过是积压到了一定程度，孩子的行为表现得更严重了。

如果不去强加对抗、阻止，就让"他"这样呢？但哪个父母能够忍受这些已经影响了自己孩子正常学习和睡眠的行为？！

焦虑不能解决问题，只能让焦虑的事情更焦虑，唯一的办法就是如何科学合理地应对问题。最后的建议还是家长带孩子去医院看心理医生，听取专业指导。

05

又过了一段时间，小森自己主动来到咨询室。

已临近大考了，感觉他应是憋了很久，也很想梳理一下自己的问题，因为最近考试比较多，由此而增加的烦恼也比较多。

小森告知我，自己做很多事情都会过于纠结。比如平时写作业，每做一道题都会担心易错知识点有没有出错，在后一题中如发现了易错点就会把前面已做过的题都检查一遍。如果哪道题没有发现易错知识点，还会反复看反复算，这样写作业的速度自然比其他同学慢。等到了考试的时候自己知道要快点写，但平时没有养成好习惯也快不起来，所以经常会做不完，近期的考试成绩也很不理想。

他也知道自己不应该做这些没有意义的纠结，耗费很多时间，但是写作业的时候不这么做就会很痛苦，因为自己必须要理清思路，必须这样做。之前写作业涂改也是这个原因，爸爸、妈妈使劲骂他"拖拉鬼"，现在想想好像也是这种没有必要的纠结，同学大概1个小时能完成的作业他可能需要两三个小时才能写完，很痛苦，所以到后来他开始逃避写作业。

"这些纠结，几乎在生活中的任何一件小事上都可能出现。比如妈妈让我去阳台收袜子，之后我会按着记忆认真地数好多次收了几双袜子，有没有漏收了或者有没有掉到地上的。有一段时间，我想了一个办法，就是在做完一件事情之后给自己设定一个'暗语'或'动作'，像一个仪式，表示这件事情确定已经完成了，下次想起时就不用再纠结是不是做好了。"

感受即真实
——青春期成长故事

这是怎样的一个心路历程，感觉小森总是处于一种自我怀疑与不确定的状态，总是担心自己做得不够好，总是害怕自己做错了什么，一直要去想，反反复复要去确认。

一个青春期孩子能把自己看得这么清楚、分析得这么透彻，可见他是经历了多少内心的煎熬。记得以前在大学里学专业知识时有位教授讲过，有强迫症状的人是最痛苦的，这是思维活动的内部"战斗"，个体的大量精力被消耗，是一场没有"赢家"的战斗。

那些小森所排斥的、不愿意接受的想法总是会冒出来烦扰着他，如果我告知他"顺其自然、为所当为"，他能接受吗？

虽然不能帮小森解决实质性的问题，但给予心理支持还是可以的。我教给他一套"情绪缓解操"，每天可以做做调节一下。还有，建议他去看一部电影，新上映的贺岁片《温暖的抱抱》，男主就是强迫症，虽然影视作品会带有夸张的艺术手法，但拍得还是比较符合实情的，可以看看男主有着怎样的故事。

小森走后，我给毛老师发信息，该她出马了——联系家长尽快带孩子去看心理医生，我还是相信专业心理医生一定会有更有效的办法的。

后记

一次在京基百纳广场的心灵关爱社区行公益咨询活动，一个打扮时髦二十多岁的女子坐到了我对面的椅子上。她的第一句话就很直接，"我有强迫症，去医院看过，在服药"，但她咨询的是夫妻关系问题。她举了一个例子。每次出门都会担心家门没有锁好，第一遍自己跑回去检查一下，锁了，回到地库。还是担心，第二遍让先生去检查，是锁了。不行，仍然担心，第三遍还是让先生去检查，是不是确定一定锁了……我说你这不是自己强迫了还强迫你先生跟你一起强迫吗？那身边人得有多难受啊，时间长了不吵才怪呢。既然这个行为是自己的，那就自己与它好好相处得了，通过药物也好，自我调整也好，总之努力把它对自己的日常工作、生活和人际的负面影响减到最少，就很好了。

心灵花园

强迫症

强迫症（OCD）是一组以强迫思维和强迫行为为主要临床表现的精神疾病。其特点为有意识的强迫和反强迫并存，一些毫无意义、甚至违背自己意愿的想法或冲动反反复复侵入个体的日常生活。个体虽体验到这些想法或冲动是来源于自身，极力抵抗，但始终无法控制，二者强烈的冲突使其感到巨大的焦虑和痛苦，影响学习、工作、人际交往甚至生活起居。近年来统计数据显示普通人群中强迫症的终身患病率为1%—2%，约2/3的个体在25岁前发病。世界卫生组织（WHO）所做的全球疾病调查中发现，强迫症已成为15—44岁中青年人群中造成疾病负担最重的20种疾病之一。许多研究表明个体在首次发病时常遭受过一些不良生活事件，如学习工作受挫、人际关系紧张等，内心所经历的矛盾、焦虑最后通过强迫性症状表达出来。强迫症的病因至今未阐明，不论是药物治疗还是心理治疗，对缓解个体症状都起着举足轻重的作用。

感受即真实
——青春期成长故事

被扰乱的心弦

01

上课时间，一个中学生在咨询办公室窗户外来回晃了两次，今老师走出房间叫住了他，是小然（化名）。

"没有上课吗？"今老师觉得有点奇怪。

"上，我作业没有写完，老师让我先到教室外等会，要找我谈话，我就走到这边来了。"小然解释。

今老师让小然到办公室里面来等，他没有拒绝。

在沙发上坐下后，小然就告诉今老师最近晚上睡不着觉，一是作业很多，而且自己还要给自己加任务，所以会写到很晚；二是躺在床上也睡不着，心里很烦躁。

听到小然那似乎有点发抖的声音，今老师感觉他应是故意在自己的办公室窗外晃悠，他是想进来聊聊。

02

就是这个男生小然，8岁的时候因咬手指甲被妈妈要求来见心理老师。

当时的小小然，皱着小眉头，对今老师说的第一句话是：

"我觉得我这一生很悲惨。"

"为什么呢?"今老师觉得这小男生好好玩。

"因为我不能做自己想做的事情。"小小然一本正经。

"那你想做什么呀?"今老师想逗逗他。

"我想看电视,玩电脑,但爸爸、妈妈不让。"小小然一副委屈的样子。

"那爸爸、妈妈让你做什么呀?"

"他们要我写作业,上课外班,可我不喜欢……"

哦,这孩子该不会是抑郁了吧,看报道抑郁情绪问题越来越低龄化。

今老师有点担心地问:"那你有没有开心的时候呀?"

"有啊,玩的时候还是蛮开心的,但总的来说我这一生还是很悲惨。"小小然依然皱着眉头一本正经地说。

今老师在心里已经忍不住笑了,这小男孩也太可爱了。

"那手指甲好吃吗?"今老师突然问。

小小然一愣,摇摇头。

"可不可以让我看看你的手。"今老师边说边伸出了自己的手。

小小然伸出两只小手,今老师抓住翻过来,果然看到十个手指头的指甲被啃得"坑坑洼洼"。

小小然有点不好意思。

"不好吃为什么要吃呀?"今老师故意问。

"不知道。"小小然可能确实说不出来。

"一般什么时候会咬手指甲?知道自己在咬吗?"

那会儿的小小然也说不出个所以然。

今老师记得小小然妈妈反馈的是"上课的时候、写作业的时候,有时无聊没事做的时候也会咬",而且从幼儿园开始就有了,当时在指甲上涂过好多种东西都没有用。那时今老师还告知妈妈孩子应是有焦虑情绪,咬手指是一种"退化"行为。

而面对小小然,今老师没有对其行为做任何是非评判,只是告知他手上有很多细菌,用嘴咬手指甲很不卫生,肚子里会长寄生虫的,以后想咬的时候可以留

感受即真实
——青春期成长故事

意一下自己的情绪，看可以做些什么其他事情能让自己感觉好一点，而不用咬手指甲，小小然似乎都听明白了。最后今老师送了小小然一个小减压球，并跟他约定下次过来时要看到他的手指甲长出白白的一小条月牙儿，那样子会很好看。

这是今老师印象非常深刻的一次谈话，而且小小然第二次来的时候也做到了。

小然进入中学后，今老师在课堂上也观察过：上课专注力还好，偶尔还会举手回答问题，算表现很"乖"的那种，重点是没见他咬过手指甲了。

03

今老师从小然的眼神里可以看出还有那么一点信任，可能是在小学时建立的那个连接，相互有一种熟悉的感觉，而他此次"特意"过来是有什么事情吗？

原来入中学后他感觉压力很大，很难静下心来学习，总觉得自己心神不宁。比如上课的时候他总担心老师会点名批评他没交作业，觉得很丢脸；会担心老师突然提问自己，怕自己答错，所以眼睛根本不敢看老师；会担心老师突然来个课堂小测，他还没有复习准备，考不好又要被爸爸、妈妈骂；最担心的是考试，害怕自己成绩退步，被爸爸的朋友的孩子"某同学"超过，有时还忍不住瞄一瞄这位同学。因为总是担心，他会分神，无法集中注意力学习，无法专心做手头上的事。他有时感觉自己的身体像绷紧的弦，放松不下来，就是躺在床上睡觉时也会，全身都很酸痛。

今老师感觉小然的心里就像揣着个小鼓，不停地"咚咚咚"敲着，让他心情紧张、局促不安。

"最烦恼的事就是我的'竞争对手'小齐，本来学习成绩和我不相上下，这次考试进步非常大，超过我好多名，简直不可思议。爸爸、妈妈知道了就唠叨个不停，说小齐的爸爸也询问了我的成绩，真的好烦。仔细一想，前一段时间班主任冯老师调座位，小齐跟班里的一个学霸做了同桌，肯定是因为这个原因小齐的成绩才会进步那么大的。我跟冯老师提出来也要跟学霸做同桌，想提高自己的成绩，但冯老师以'班级刚调座位不久，暂时不换'拒绝了。我这几天躺在床上就一直在想调座位的事情，如果冯老师给我调了座位，有学霸做同桌，我的成绩一定会超过小齐的，爸爸、妈妈也不会总骂我了。但现在冯老师就是不同意调，想着想着就很烦，觉也睡不着。"

看着小然皱着眉头着急地描述着，可以感受到此刻他的那种迫切的心情。

04

"如果帮你换个学霸同桌你确定自己的学习成绩一定会超过小齐吗？"今老师问。

"我会跟学霸好好学习的，我觉得一定会有进步的。"小然很认真的回答。

嗯，不是"一定会超过小齐"，似乎目标想法还比较合理。

"那你是一定要和小齐现在的学霸同桌坐，还是只要是班里的学霸都可以呢？"今老师再进一步询问。

"如果是小齐的同桌就最好，她的成绩在班级排第一，不是也没有关系，我写了一个名单给冯老师，但冯老师一个都不同意。"小然再次表示冯老师"不支持"他的想法。

"嗯，班主任也有班主任的安排，你应该可以理解吧。如果你一定想要跟学霸同桌，而且这件事对你来说已经造成了很大的困扰，那我帮你去问一下冯老师吧。"

今老师不能确定冯老师是否会同意给小然安排"学霸"同桌，因为如果人人都跟班主任提出"和学霸坐"，那学霸也安排不过来呀！但她相信她答应去沟通试试至少此刻会让他的情绪稍微舒缓一点，他得到了理解，而且有了期盼。

今老师跟冯老师的沟通不复杂，因为冯老师对小然的情况非常了解：学习压力大，每天学到很晚还会给自己加任务成绩依然不理想，父母以加压为主。

"一个焦虑水平比较高的学生，因为同桌问题几次来'烦扰'班主任，而且对他自己目前的学习效率和睡眠带来了负面影响，如果给他安排一个学霸做同桌就可能帮他舒缓压力和内心的'执念'，在允许的范围内我们是否愿意去帮助他试一试呢？这或许是目前最简单易行的方式？！"

结果，沟通完之后，冯老师给小然安排了一个愿意跟他坐的"学霸"同桌，是一个很热心又有爱心的学霸。座位调完之后，小然在今老师的视野里又"销声匿迹"了。

嗯，没有消息有时就是最好的消息。

05

直到大考前，按冯老师的话，"小然又出状况了"。

这个"状况"与考试有关。近期各种大小考、模拟考接踵而至，小然的情绪状态很不好，特别烦躁，有时在班级里会发脾气，拍桌子、撕卷子，"真担心他会出事"。

可小然这次自己没有主动去找今老师，他是有什么顾虑吗？不过，在冯老师的建议下，小然还是来到了咨询室。

他面对的问题还是跟之前差不多，都是与学习有关，都是自己很焦虑。其实自己很努力了，还是担心复习不够充分，还是担心自己会发挥不好，还是担心考不上理想的学校，而这些又耗去他很多的心神，一旦真的没考好就会很愤怒，想发脾气，真的很疲惫。

"是呀，你们最近的考试确实比较多。"今老师表示很能理解小然现在的状态。

"老师，最近在考试前总是想上厕所，还有在考场上我能感觉到明显的身体不舒服，喉咙发干想吐，肚子会阵阵的疼。特别是感觉时间不够了又遇到不会做的题，心跳一下子好快，'咚咚咚'地自己都能听得到，写字的手还会发抖，头脑会发烫，但脑子里却一片空白，之间背过的知识点一下子都想不起来了。"

今老师似乎可以看到考场上一度"慌了手脚"的小然。

"那你会做一些什么来调整呢？"今老师问。她知道这是考试时焦虑的情绪和身体反应，而小然的身体不适感受应是比之前明显了。

"会做深呼吸，或者闭目几秒钟，还是会紧张，然后我会在心里告诉自己要冷静下来。"小然还是做了一些调整和努力。

"嗯，你会抗拒自己的紧张吗？"今老师问。

"嗯，不喜欢自己紧张，但又控制不住，到了考场就开始了，整个人绷得很紧，特别是试卷发下来的那会，心跳就自然快了，感觉一切都变得很慌乱，每次都感觉没有把自己的实力考出来，所以每次都担心自己发挥失常。"小然有点沮丧。

"或许我们是焦虑水平比较高的人，抗拒可能只能让人更紧张，你已经做得很好了。我们可能很难把自己调整到完全放松的状态，其实每个人都会有不同程度的焦虑、紧张情绪，但可以尽力调整，把它对考试的影响减到最小。"

今老师觉得小然需要的是可以让他在考场上快速放松下来的具体、可操作性的方法。

"深呼吸是一个很好的方法，因为呼吸是唯一一个可以用我们的意识调整的生理指标，呼吸正常后其他生理指标也会回落。还有一个是肌肉放松，如果感觉整个人绷得很紧，说明肌肉是紧张的，可以运用肌肉放松法体会一下肌肉在放松状态下的感觉，记住这种感觉，需要时有意识地进行调整。"

小然认真地听着今老师的指令，感受了一下肌肉紧张和放松的两种状态，嗯，是有所不同。

"第三是想象放松，每天晚上躺在床上可以听听舒缓的音乐，或者做一下放松想象。如想象自己走进某科考场，这时会感到紧张，心跳加速、呼吸加快，这时用自己掌握的深呼吸和肌肉放松来进行调节，告诉自己'放松'；接着老师发试卷、自己拿到试卷、做题、遇到不会的题、感到时间不够……在考场上可能出现的状态都可以想象一下，如感到紧张了就进行调整、再调整……"

今老师很详细地指导着。

"让自己的身体从熟悉的紧张状态到可以很快地调整到放松状态，是需要每天练习的。"

小然听了点点头。

感受即真实
——青春期成长故事

06

"你自己觉得还可以做些什么，或者还有什么办法对你是有效的？"今老师希望小然可以开发出自己的方法。

"我总是担心这、担心那，都是负面的想法，可以换成积极的想法，还有每天去跑步，我感觉跑步可以让自己放松。"

小然这时的语气感觉轻快了一些。

"回去也可以跟爸爸、妈妈沟通一下，看看他们有什么好的方法，有时候说不定爸爸、妈妈那里还有更好的建议呢！"

今老师的最主要目的其实是想让家长也清楚小然的目前状况，可以一起想办法帮他减压而不是加压。

不知道小然最后有没有跟他的父母沟通自己的考试状态，从他的表情看，或许他在担心如果沟通了父母会更焦虑了，因为他感觉到焦虑情绪似乎是可以相互"传染"的。

后记

当今老师跟小小然妈妈说，孩子咬手指甲可能是有焦虑情绪，小小然妈妈觉得不可思议。"焦虑，他这么小有什么好焦虑的？他不可能焦虑呀！"是啊，这么小的孩子怎么会焦虑？她可能不知道一个三岁小孩子离开家、离开父母去到陌生的幼儿园就会焦虑，他会哭闹，他会拉着妈妈的手不愿意她离开，他会抗拒去上幼儿园。当冯老师跟小然妈妈说，孩子目前的学习压力比较大，不要总拿孩子的学习成绩跟别的孩子比，帮他减压而不是加压。小然妈妈说："不可能呀，我们在学习上没有给他压力呀，都是他自己给自己的压力太大了，我们对他的学习没有什么要求的。只是我比较喜欢唠叨，看到他每天很晚睡觉会很着急，就会不停地催促他快一点快一点，我就是个急性子！"对于小然目前的考试状态，冯老师还要不要再跟家长沟通呢？《青春期的烦"脑"》里指出，有研究者报告说负

58

责调节焦虑情绪的激素四氢孕酮能让身处压力之中的成年人平静下来，但会让青春期的孩子变得更加焦虑。由此，对青少年而言，焦虑只会引发更多的焦虑。

心灵花园

焦虑情绪

焦虑是对未来威胁的期待，与"为未来危险做准备的肌肉紧张和警觉、谨慎或回避行为"有关，有生理性焦虑和病理性焦虑之分。比如快考试了，害怕考不好，紧张、担心、坐立不安，这就是焦虑。这时，通常会抓紧时间复习应考，这种焦虑是一种保护性反应，称为生理性焦虑。当焦虑的严重程度和客观事件或处境明显不相符，或者持续时间过长，就是病理性焦虑，称为焦虑症状，如果符合相关诊断标准，就是焦虑障碍。如广泛性焦虑障碍就是对诸多事件或活动产生过度的紧张或担心受怕，其紧张性、持续时间或担心出现的频率都与现实可能性或预期事件的冲击不成比例。

感受即真实
——青春期成长故事

是真的害怕

01

杜老师最近有点抓狂,班上有两名学生不来上学了。

女生小娅(化名),两周没来学校了。据妈妈反映,近期早上起床提到上学她就会出现全身不适,恶心、呕吐、肚子疼,特别是在上学路上临近校园时还会出现身体发冷、浑身发抖等现象。

男生小西(化名),不能正常来学校差不多一周,也是出现头痛、呕吐等身体反应,不想见人。

唉,一个班两个孩子出问题,还真是让人头疼。

杜老师找到今老师,希望能从她那得到帮助。

小娅目前是"绝学"半月,从杜老师那了解的信息来看,之前就经常说身体不舒服不愿来学校,经常请假。这段时间在家里父母将电脑、电视都控制了,她也不吵闹,自己看各种喜欢的书籍,就是不来学校,说自己需要调整,下个学期再返校。其实她学习成绩中上,在班级人际关系还不错,如此表现让人感到意外。经多次接触感觉父母的教育观念不一致,爸爸很严,经常会和孩子起冲突。

小西是"拒学"间断上学一周,也是从杜老师那了解的信息,近期在班级人际方面有一些烦恼,而且家庭也比较复杂,应是重组家庭,他还有两个同母异父的弟弟,外婆也跟他们生活在一起。

第二章 情绪困扰，起伏的波澜

了解了大致信息，今老师推测小娅可能是"学校恐惧症"，小西还得再进一步观察了解。

02

"学校恐惧症"？还是头一次听到这样的名词，杜老师感觉有点意思。

"是的，学校恐惧症，是恐惧症的一种类型。"今老师解释道。

"想起来了，之前读大学的时候有一个舍友她就特别怕掉在地上的头发，每次都嚷嚷着要我们梳完头后一定要把地面、台面上的每一根头发都收拾干净。"这杜老师的悟性还挺高，马上就可以举例子。

今老师说："嗯，这还好，之前我一个朋友她很怕带羽毛的动物，饭桌上大家都吃乳鸽、吃鸡鸭，她不吃也不敢看，看了浑身会起鸡皮疙瘩的难受，我开玩笑说抓一只鸡给她抱一天就好了。"

其实鸽子、鸡鸭还不至于伤到人，今老师也有自己特别怕的东西，就是狗。估计是从小就听说被狗咬了可能会得狂犬病，而且一旦得了还没得治，最恐怖的就是听说临终前还会学狗叫。

今老师说她有一次等电梯，电梯门一开被挤在门口的那只大白狗就冲着她"汪汪汪"地大叫，那一会心都要从嗓子眼里跳出来了，她本能地捂着胸口说"啊——吓死我了！"，腿也无法移动。在电梯门快关着的那一瞬间，她听到狗的那个男主人大声说："吓什么吓，没见过狗呀！"接着电梯就直接下去了。

"我就站在那里愣住了，过一会才缓过神来。"感觉今老师因为自己受了两次惊吓似乎到现在还意难平。

"真是什么样的人养什么样的狗呀！"杜老师听了有点气愤。

"是呀，可能每个人都有自己害怕的东西，不过过度恐惧也是一种病！"今老师笑着说："所以我特别能理解有恐惧症的人，可能确实是一种超出寻常的害怕，但是控制不住，身体自然会有紧张反应，所以只要是看到狗，不管大小，我都尽量避得远远的，也不会同狗同乘一趟电梯。"

感受即真实
——青春期成长故事

而作为一名学生，如果是对学校产生恐惧，他选择回避，但怎能避开呢？他是学生呀，他必须学习，他要到学校来上学啊！

两个学生如今可以见到的是小西，那就先跟小西聊聊吧。

03

小西在杜老师的陪伴下来到咨询室，在征得他同意的情况下杜老师留下来和今老师一起跟他谈。

原来杜老师之前了解的人际问题是与某科目的学习有关。小西的那门科目成绩很不错，所以有时候课堂上就自己做习题没有专心听课，导致"那个老师对他有意见"，一旦他考得不好就在班级"骂他"，还让其他同学不要跟他学，于是很多同学也会跟那个老师一样"不给他好脸色看"。在学校里也觉得自己没有朋友，跟同学在一起时不知道要跟他们聊些什么，怕自己说错话，感觉也没有什么可说的话题，好尴尬，所以就很不想来学校。

小西说自己从小就很胆小，不敢在别人面前表达自己，不喜欢人多的地方，不喜欢陌生人靠近。每次去到人多的地方就会很紧张，也很烦躁，感觉呼吸都困难，喘不上气，他就要加紧快速地走开，所以他从来不会去排队买网红奶茶，从来不会去往人多的地方凑热闹。如果必须要呆在外面他就会找一个安静的角落呆着，特别是疫情期间，只要有人靠近他，哪怕是都戴着口罩他也会赶紧走开，再找其他僻静处呆着。

"我感觉自己就是怕人，怕人多、怕人吵，怕陌生的环境、怕陌生人挨近我，是不是有'恐人症'呀。"小西说。

"恐人症"？这小子还挺会取名的，今老师心想。

"感觉自己很小的时候看到别的小朋友在一起玩我就不敢过去，妈妈想推着我都推不动。上小学的时候，我也很怕站在台上表演节目，看着舞台下面的人就很烦躁、紧张，每次闹着不要参加。妈妈就会说'有什么好怕的？不要怕！''你怎么这么胆小，你是个男孩子呀！''看看，弟弟的胆子都比你的大！'，非逼着我参加节目。在台上我会很紧张,甚至都能感觉到自己的声音在抖,有时还会出错,他们又会骂我'没用'。"

小西的声音听起来有点沮丧。

听到这,两位老师感受到那段经历对他来说应该是很痛苦的。

"在家里对我最好的就是外婆,每天早上上学时帮我准备早餐,放学做好饭菜在家等我,一直照顾我、关心我。"

这时才能看到他少许放松的表情,而他的眼睛一直盯着茶几没有移动,他能坦然地聊这么多应是对杜老师这个班主任的充分信任吧。

④

"那你不来上学是因为那个老师和那些给你脸色看的同学吗?"杜老师想再确认一下。

"也不是,我怕坐电梯,我家住20多层,每次出门都要坐电梯。妈妈他们不会陪我,只会逼我,嫌我胆小,说我连弟弟们都不如,每次上学都是外婆送我到一楼。回家就会比较麻烦,要有人一起我才上电梯,但人多了我又不愿意上去,就可能要等很多趟才合适。而且如果其他人要先下,我也会看离家还差多少层,如果楼层少就会跟着别人一起下了再走上去。其实10层楼以下我都不会坐电梯,就是尽量不让自己一个人呆在电梯里。"

看着好难呀,不喜欢有人的地方,又因为怕坐电梯不得不跟其他人一起乘坐,所以干脆选择不出门。

杜老师想到自己。因疫情每次坐电梯担心后面有人跟进来就赶紧进去按关门按钮,喜欢独自一人乘电梯,如看到电梯里有人心里会有点不爽,特别是如果那个人没戴口罩,就会觉得没有公德更是"嫌恶",很怕那人突然打喷嚏,只想快点到了赶紧下,那眼神肯定是掩饰不住的烦躁和紧张。

"这'恐人''恐电梯'怎么治呀,有药吗?"杜老师有点担心和好奇。

其实按今老师的想法不是所有的恐惧症都需要吃药,只要日常生活没有

感受即真实
—— 青春期成长故事

受到影响，又能够回避，应是不需要服药的吧？！比如说如果恐高就避免去高处、将来不从事高空作业的职业，影响也不大；如果恐飞机就可以选择其他交通工具，只是耗时长点而已；但恐电梯日常生活多少会受到影响，毕竟现在的高楼大厦多，要靠自己爬上爬下还是蛮费劲的。

但于未成年人来说，学校恐怖和社交恐怖会给他们正常的学习和人际交往带来负面影响。

"目前好像没有特效药，这个要去正规医院找心理医生咨询才行。"今老师回答。

"让爸爸、妈妈带你去医院看看可以吗？我跟你的父母沟通一下"杜老师问小西。

小西没有回答，或许他认为父母其实早就了解了他的情况，但他们要管弟弟们无暇理会自己，或者他们认为他就是性格问题，太胆小懦弱了，他们希望他能够坚强，所以需要他自己去多练炼胆量。

"我知道有一些放松的方法可以拮抗恐惧、焦虑的情绪和身体的紧张反应，可以试试。"今老师提议，不过她也是赞同杜老师的想法，由老师来跟父母沟通带他去正规医院寻求心理医生的专业帮助，因为她知道医院的心理医生会借助一些专业仪器或配合药物来帮助缓解症状，还是很有效果的。

05

小西的问题处理得差不多，小娅返校上学了，毕竟是学生，不能总呆在家里呀。

一天上午第二节课时小娅突然觉得心里难受，自己主动来咨询室，坐下来后一直哭泣，感觉自己浑身不舒服，像要"发疯"了一样。

在她的记忆中从小学六年级就有过这种突然难受的情况，近期最严重的一次是前一天晚上在家里。她坐在书桌前，突然心里难受，呼吸困难，觉得窒息，感觉就像做梦一样不真实，看东西模糊，耳朵里还有尖尖的啸叫声，身体有不适反应，自己赶紧躺在床上休息一会就缓过来了。

在学校里也会有这种情况，就是突然一阵的紧张害怕，感觉自己的心脏在快速地跳动，全身都不对劲，这个时候最想做的就是去一个安静、安全的地方让自己平静下来，因为很怕自己会发疯、失去控制。

今老师依稀想起她小时候看过一部印度电影，名字忘记了，但里面的女主应是有密闭恐惧症。当她发现自己被关在一个马车里时感到非常害怕，警觉性特别高，暴躁不安，跟之前温柔和善的她完全判若两人，她甚至找出一把刀来准备随时刺向打开马车门的人。后来才知道原来是朋友为了保护她才把她藏在马车里，还差点伤到了朋友。这些情节加上配乐让人感觉特别紧张，以至于长大以后那些黑白镜头依然没有忘记，有时候心理电影感觉比恐怖片还要恐怖。

人在紧张害怕的情绪状态下警觉性增强、变得焦急暴躁真的是情有可原的。

"每次这种感觉大概会持续多长时间？"今老师问。

"可能就几分钟，不一定，但不会太久。"小娅回答。

"你能知道自己会发作吗？"今老师又问。

"不知道，所以很害怕，特别害怕自己在外面的时候会发作，所以我最喜欢的还是呆在家里。"小娅回答。

这可能是她目前最大的痛苦，他人难以理解。

今老师下意识地皱了皱眉头，看样子不仅是"学校恐惧"，这种恐惧情绪发作在14岁以前的患病率大概是千分之四，常见于女性，她在学校工作这么多年也见得很少，也可能是没有暴露出来。但毕竟她只是学校心理老师，不是医院的心理医生，不能随意给学生下任何的诊断。

未成年学生的心理问题越来越低龄化、严重化、复杂化，最近接触的都是非常棘手的案子，这不是学校教育一方可以解决的问题，更需要家长的重视与配合，还需要校外更专业的机构支持，如医校结合。

就此，今老师跟在医院上班的师妹小清联系，看看有没有更好的建议。师妹小清告诉今老师，心理医生会针对恐惧的原因进行干预，比如社交恐惧，就会进行社交方面的干预和训练，同时也会辅以药物治疗，有的医院为儿童青少年学生开设了绿色通道，可以尽早去医院就医。

看样子下一步还是跟小西的建议一样，得联系小娅的家长，再商量后续的帮扶方案。

06

一个周末，学校组织集体爬山活动，今老师和好友曹老师结伴而行，她们想爬到最高处的那个景点观云石。

通向观云石的路只有一条道，就是一条比较窄的水泥石阶，弯曲陡峭地向上延伸，台阶只有一边有扶手，另一边则是山体绿树。两人抓着扶手迈着台阶顺利地爬到了最高处的平台，今老师感叹有一种"会当临绝顶"的壮观，很是神清气爽。

没想到的是，下来就惨了，花了差不多两三倍的时间。曹老师在下台阶的时候整个人腿都是软的，完全使不上力，她不敢往下看也不能看，腿直哆嗦。结果曹老师就是一只手抓着一边的栏杆，另一只手被今老师驾着，在她"慢点""等会"的叫唤声中一步一步移下来的。今老师感觉曹老师整个身体的重量都压在了自己的身上，抓着的手简直可以出水了。

下来之后两人相视哈哈大笑，太狼狈了！

今老师此时心里有数，原来生活中很多人都有自己恐惧的东西，只不过平时看不出来罢了。

在吴婉绚的《你到底在怕什么》一书中提到，国外的一项精神分析调查显示，自2000年以来，世界上恐惧症的种类由上世纪的300种增至1030种，恐惧症人群也由10%提高到25%。

后记

一次研讨培训活动，谈到恐惧症的治疗，一个心理老师介绍了他知道的两种行为治疗的方法。他说如果一个人怕狗，第一种方法就是直接把这个人跟大狗关在一个笼子里。这个人开始一定会恐惧、害怕，心跳加速、浑身发抖，但是他发现这只狗其实很温顺，根本不会伤人，于是他的恐惧情绪就会消减下来，身体指标也恢复正常。这样做过几次后他再见到狗时就可能不会害怕了，这是属于"暴风骤雨型"的自然消退法。另一种方式是，先做放松训练，教会这个人放松的方法，可以通过一个仪器检测身体放松的情况。然后让这个人先想象一只大狗，如果出现恐惧、害怕的情绪体验和身体反应，就用放松的方法去调节和拮抗，同时监测仪器上的所有生理指标不再异常了并稳定了就过了第一关。接着就是看狗的图片、狗的视频、狗的实物，最后才是跟这只大狗关在一个笼子里。这种一关关的调整一关关的过，是属于"和风细雨型"的系统脱敏法。听完后一个老师还是很疑惑，她问了一个问题，"那这只狗不咬人了，但并不代表所有的狗都不咬人了呀，怎么解决？"那心理老师吧唧了下嘴，回应说："那只能说明，你是真的很怕狗。"

心灵花园

恐惧症

DSM-4 恐怖性神经症在DSM-5归类于焦虑与恐惧相关障碍，是以恐怖症状为主要临床表现的一种心理疾病。个体对某些特定的对象或处境产生强烈和不必要的恐惧情绪，而且伴有明显的焦虑及自主神经症状，并主动采取回避的方式来解除这种不安。个体明知恐惧情绪不合理、不必要，但却无法控制，以致影响其正常活动。恐惧症的核心症状是恐怖紧张，并因恐怖引起严重焦虑甚至达到惊恐的程度。因恐惧对象的不同可分为社交焦虑障碍，如害怕社交互动、被观看（审视）、公众表演或演讲等；特定恐惧障碍，如害怕动物、自然环境、针头等侵入性医疗操作等；场所恐惧障碍，如害怕乘坐交通工具、处于开放空间或封闭空间、拥挤人群等。

感受即真实
——青春期成长故事

第三章

行为问题，
　　成长的挑战

　　行为是表现出来的外在活动。人的行为指向目的，有的通过恰当的行为来达到目的，有的却是通过不恰当的行为试图来实现目的，有的行为却是难以通过主观意志进行控制，往往会带来不尽的烦扰。

感受即真实
——青春期成长故事

我有多厉害？！

01

最近简直太倒霉，不知怎的，又被历史老师徐老师盯上了。

我只不过是跟旁边的同桌在讨论她讲的"山顶洞人"，她那眼光朝我们这边扫了几次，我知道她在提醒我们，但我们说话很小声呀，又没有影响她上课，结果下课她把我一人留了下来。

"知道为什么要跟你谈话吗？"她问。

"不知道。"我回答得硬邦邦的。

"你上课有没有跟旁边的同学说话？"她问。

"没有，我们是在讨论问题。"我回答。

"你们一直都在讨论问题？没有说跟课堂无关的事情，看你们聊得挺开心的呀？"她说。

"是呀，我们就是说跟课堂有关的事情，老师！"我有点不高兴，翻了下白眼。

"你叫什么名字？"她问。

问名字干什么？告状？我心里很不乐意，就是不想告诉你。

看我不吭声，她说："你不告诉我的话，我现在就打电话请欧老师过来一下。"

我心里的那个声音在说："哼，又拿班主任来压人。"

"小白（化名）。"我说。

"好的，我先记下了。"她说。

"老师，为什么你就留我一个人谈话，我同桌也有说呀！"我问。

"你觉得呢？"她问。

"不知道，他也有先找我说呀。"我向上翻了翻眼睛。

"你自己思考一下吧，希望下节课不要总是在下面说笑，认真听课。"

这老师，简直太过分了，讨论问题也不行，可上课让我一句话都不讲我也做不到呀！

于是在下一次下课，她又留下了我。

"小白，老师本希望找你谈一次话就可以解决问题，但看样子并没有达到预期的效果。"她说。

"老师，我真的没有说话，我在讨论问题。"我回答。

"那老师希望你能下课后再找其他同学讨论问题，而不是总在课堂上说，这样会影响别人。我是觉得你应该能沟通才会再次找你聊，不然我直接找班主任反馈情况了。"她说。

听到这句话我心里的气不打一处来。

"老师，我也是尊重你才会留下来听你说，其他同学都在说话呀，为什么只留我呀？"

我知道此次谈话谈砸了，之后历史课上只要我讲话，她就会直接点我的名"小白，听课""小白，别说话"，班级还有其他同学也在说话，她唯独点我的名，是不是"有问题"呀，专门针对我吗？！她只要点我名，我就"狠狠地"直接趴到课桌上懒得听，看她怎么办。

不过，她见我趴到桌上反而不管我了，这可不好玩，我时不时还起身跟旁边同学说几句，故意大声笑几下，看她板脸的样子那才爽嘛！

02

徐老师还是把我的课堂情况跟欧老师反馈了，欧老师跟我说上课偶尔说几

感受即真实
——青春期成长故事

句小话很正常，但是态度不端正就是另外的问题了，如果还认识不到自己的"错误"就会请家长来学校。

态度不端正，我态度哪里不好了？明明是她针对我。

结果一次，让我逮到了一个好机会。

那天上历史课的时候教室门突然被打开了，是学校来了上级的检查团进行随堂检查。这时刚好下课铃响了，徐老师宣布下课后让大家离开教室，因为检查团要对上课老师进行随机访谈。我脑子一转，有了一个主意。

我故意先出教室，想着他们应该在谈话了，然后再返了回去，果然看到检查团的几个"上级"老师正在和徐老师说着什么。

"同学，你有什么事吗？"检查团的一个中年老师看到了我，她可能是负责的。

"我有一个问题想问徐老师。"我回答说。

"小白，现在老师正在接待访谈，你可以另外约时间过来吗？"徐老师问。

"没关系，让他问吧，我们也谈得差不多了。"那个负责的老师起身准备走。

"徐老师，你为什么总是针对我？"我赶紧抓紧时机愤怒地问。

看到徐老师那一愣的表情，我心里感觉特别爽。

那负责老师一听，果然很感兴趣，又坐了回来。

"同学，这是怎么一回事呀？"

"徐老师总是针对我，对我有偏见！"我再次强调。

"她怎么针对你啦？"

"课堂上明明有很多同学都在讲小话，她每次就只批评我一个人。"我回答。

"哦，还有吗？"

"今天上课，徐老师提问题，其他的每个组都问了，唯独到我们这一组的时候她就不问了。针对我一个人没有关系，但是不能因为我就针对我们整个组吧！"我很气愤地说。

"哦，那徐老师，你再跟这位学生好好聊聊，我们先去其他地方转转吧。"那个负责的老师就带着其他几个人离开了教室。

难道这就完啦？！不过我想徐老师此时一定很生气、很没面子吧。

"好了，小白，检查团已经走了，现在快到上课时间，你还要继续跟我聊吗？"徐老师问。

"什么？"我的脑子里还在琢磨着怎样让她出丑。

徐老师似乎看出了我的心思，说："如果你还想跟我聊我就陪着你，不然就建议你准备上课。"

跟她一人有什么好聊的，我才不会浪费自己的时间，而且接下来很快就是学校运动会，还有很多事情等着我去做呢！

03

运动是我的强项，运动会我肯定是要出一下风头的，当然，也确实出了风头，欧老师直接把我爸叫到学校里来了。

原因就是年级接力赛，我们班其实前面三棒都跑在第一，第四棒交接棒的时候第一下没有接好，耽误了那么一点点时间就只拿了个年级第二名。

气愤呀，为什么那么不小心呢，如果是我上场就肯定不会这样啦！气得我朝着身旁的一个塑料椅子就是一脚，没想到那个椅子很轻，被我这么一踢，飞起来砸到了旁边的一个女生腿上了。

那女生立即捂着腿大叫了一声，好像哭了。

有好事的同学告诉了欧老师，欧老师找到了我，质问我为什么要踢椅子砸那女生，让我跟女生道歉。

我当时正气着呢！很好笑啊，为什么要我道歉，我又不是故意要去砸那女生的！还有，那椅子那么轻，碰一下能有那么疼吗，也太矫情了吧！还有，她可以躲呀，为什么不躲呀？

我是肯定不会道歉的，再说，接力赛要不是欧老师最后定的名单，还不一定是这个结果呢。

欧老师看着这边气鼓鼓的我和那边腿上有一道红红印子的女生，直接打电话把我爸叫到了学校操场。

感受即真实
——青春期成长故事

估计欧老师在电话里已经把事情的经过告诉了我爸，他见我的第一句话就是板着脸孔大声说："你这孩子，赶紧跟人家女孩子道歉！"

我用我的表情和语言表示我不会道歉，"我没有错，我没有想去砸她，是椅子飞过去碰到的。"

爸爸争不过我，举起的手就要打下来，被欧老师拦下了。

"行，小白爸爸，我建议去找一下今老师吧，你可以跟今老师先聊聊，看看这个问题怎么处理。"欧老师让我爸把我先领回家了。

这对我太不公平了，凭什么让家长把我领回家，运动会还没有结束呀！好，看我以后怎么做吧，我也不会配合你的！

回到家后，爸爸又板着个脸孔把我骂了一通，说我太冲动了，没有男子汉的风度，明明砸到人家女孩子了还不道歉，是个彻底的"坏小子"。他就是这样，在我的记忆里从他嘴里从来没有说过我几句好听的话，一天到晚就说我会学坏，管我就像管"犯人"一样，还在家里装摄像头，这不是职业病是什么？！真难以想象平日里他的下属怎么能忍受一个这样的人！

"坏就坏呗，反正我没有错，你爱怎样就怎样！"我也气鼓鼓地冲着他大叫，在感觉他的大手掌又快要落下来时，我赶紧跑进了自己的房间，在里面锁好了门。

04

接下来这段时间最大的快乐就是跟班主任欧老师对着干。她说自习课不能私下换座位我就换，她说排好队去功能室上课我就不排，她说不准带零食到班级我就带，而且上课还吃……感觉除了找家长她也没有什么新招，班级有几个男生很佩服我，他们不敢说的我敢说，他们不敢做的我敢做，我们有共同语言，也相处得也越来越好，没想到我在班级里还有点人气，哈哈哈！

可为什么老师们总是跟我过不去呢？看，又来一个。

在心理课上今老师发现有一些同学带了复习资料在课堂上看，当然也包括我。她表示要考试了我们的行为她可以理解，但希望大家都可以遵守课堂规则，把资料先收起来。看着我们没有反应，她就让带了资料的同学把资料先放到讲台上去，下课再拿走。

看着同学们一个个慢吞吞地把自己的资料交到讲台上，我心想"我才不要交上去呢！"

果然，今老师看到了我堂而皇之地摆在课桌上的资料夹，走过来对我说："老师帮你拿上去吧，其他同学的都放上去了。"

我摇头不同意。今老师伸手想在我桌上去取，我赶紧两手紧紧地抓住了资料夹不给她拿，眼里应是充满了愤怒。

她应是没有想到我的反应，平时我在心理课上也比较活跃，但心理课总体比较放松，她可能没有刻意留意过我吧。

她这么看我几秒，感觉那时间有点长，我想如果她想再来收资料我就跟她抢，绝对不让步，这回就有好戏看了！

没想到她没有再伸手，她可能意识到了"危险"。

"这个资料你是不是确定不想交上来？"她问。

"嗯！"我回答。

这时全班同学都在看着我们，我感觉自己太牛了！

"你是不是一定要在心理课上复习其他功课？"她问。

"嗯！"我回答。

本来就是，心理课又不重要，而且现在我们的学习压力这么大，为什么不允许我们写作业、复习其他功课呀？这老师还要求那么多，其实早就看她不顺眼啦。

"那好，可能你的情况比较特殊，老师允许你。不过为了维护课堂规则，我允许你去旁边的咨询室专心复习，可以吗？"她说。

"什么？"她的意思是让我离开教室去另一个房间里复习？！

这个老师也太狡猾了，一下子把我一个人给赶出去了。

我脑子里转着，该怎么办？这样子我多没面子，一个人就这么灰溜溜地出去了。

看我没有反应，今老师说："你需要快一点做决定，别耽误大家的时间，不然你就留下来听课。"

我才不要，不能输得这么惨！这时，我想到一个办法，拉旁边的同桌跟我一起去！

我开始拉同盟，可旁边的那个哥们也太怂了，看他不想拒绝我又不敢去的那样纠结着。今老师估计是不想再耽误课的时间了，她告诉大家还想复习功课的学生可以跟我一起去旁边的咨询室复习。

这岂不好，我用眼神示意那几个哥们，结果有六个同学跟我一起大摇大摆地离开了心理教室。

简直太豪啦！

今老师打开咨询室的门安顿好我们，并交代在这边好好复习，就立即回教室上课了，把我们留在了咨询室。

05

我们几个人在咨询室里拿出资料来翻看着，又好像什么也看不进去了，大家你看看我、我看看你，也不觉得多有趣。

这时，不知道教室那边在讲什么内容，隐约听到同学们在"哈哈"地笑。我很好奇，就爬到咨询室的沙发上透过两个房间之间的玻璃窗往教室那边看，没想到那边有几个同学眼睛好尖，很快就看到了趴窗户的我，并对着今老师指了指我这边。今老师瞟了一眼，我没有躲闪，还向她挥了挥手，这样多好玩呀！我让那几个哥们也上来看，但他们都没动，怎么这么胆小啊！

下课后，今老师来到咨询室，感觉戴着的口罩也掩饰不了她眼神的严肃。

"刚才是谁在趴窗户？"她问。

我立马举起了手。

"好，你留下，其他同学可以走了。"她说。

我看到其他几个哥们"呼"的一声迅速地离开了，溜得那个快……

"为什么？"今老师的问题总是让人有点意外。

原以为她会批评我，我就可以跟她争辩。什么为什么？我也不知道为什么，总之就是想做就做了。

看我没有说话，她继续说："是你坚持要在心理课上复习其他功课，我也充分尊重了你的需求，你不仅自己这样做，还带走了好几个同学跟你一起，看到你的号召力了吧，如果你是上课的老师会有什么感受呢？"

"是呀，肯定会很生气呀，太没面子啦，连学生都斗不过。"但我没有出声，心里却有点得意。

"既然你选择了不听课，就要遵守之前的约定好好复习，可你呢，又在旁边干扰我们的课堂，你想做什么？你这样做到底想得到什么？"她继续一连串的提问。

是呀，我到底想得到什么，或者我得到了什么呢？

看她那样，似乎没有我想象的那么生气，或许我所做的并没有我预想的那样对她带来多大影响，还是她故意忍着装给我看的？

"好吧，去上课吧。"她说。

就这样？把那么多同学鼓动出课堂不听课，不用道歉？还不用告诉班主任？也不用请家长？

我迟疑了一下，没动。

"小白，你是还有什么话说吗？好吧，从你的眼神看得出你也在反思，先回班上课去吧。"

她似乎还有其他事情所以想催促我快点离开，我怎么感觉自己还意犹未尽呢，我所期待的情景怎么没有发生呢？

真的吗，我的眼神已经出卖了自己了吗？

06

我觉得自己最近应该比之前好一点了，在老师们面前没有那么一点就"燃"了。但是，体育老师又惹毛了我，我可不能忍气吞声，我骂了他，骂了脏话，结果被要求"加练"操场跑20圈，以后一句脏话20圈，不然就要请家长来学校。

唉，身心的双重折磨，以后得罪谁也不敢得罪体育老师了。

后记

欧老师遇到徐老师，吐槽近期班级有些学生特别叛逆，总是跟老师对着干，有种"天不怕地不怕"的感觉。徐老师说，一个朋友的孩子在国外读高中，说他们学校每个月都有一天"破坏日"，在那天可以把平时积压下来的各种不满情绪发泄出来，只要不伤到人，在学校做任何捣蛋的事情都不会被责罚。欧老师听后如当初徐老师听到时的反应一样，简直太惊奇了，如果放到自己班上，那将会是怎样的一个场景？！

心灵花园

对立违抗

对立违抗性障碍（ODD），是一类常在学龄前期出现的以持久的违抗、敌意、对立、挑衅和破坏行为为基本特征的儿童行为障碍。在DSM-5中对立违抗性障碍归属到"破坏性、冲动控制和品行障碍"。ODD是儿童青少年期最常见的行为障碍之一，起病于学龄前期，共患病多，如ADHD（注意力缺陷/多动障碍）、CD（品行障碍）、焦虑性障碍，多持续存在，给家庭和社会带来沉重的负担。我国孙凌等报道13—15岁中学生ODD检出率为6%；其中14岁以前检出率：男13.1%，女6.0%；14岁之后检出率：男5.5%，女4.0%。ODD主要表现为对抗权威和规则的行为，消极、敌意、愤怒的情绪，社会功能受损。对ODD的最佳治疗方法是药物疗法和与社会心理干预相结合的联合治疗，前者主要针对生物学症状，后者则集中改善儿童青少年及其家庭的教养态度和生活模式方面。

谁"怕"谁？

①

他"吸着烟"一摇一摆地走进了心理教室，特别引人注意。

说他"吸着烟"，其实并不是真正的吸烟，而是右手用两根手指做着夹烟的样子放在嘴边，坐到座位上后嘴里开始"吞云吐雾"，感觉很是享受。

今老师被他这一系列动作给"惊"到了，在班里这么张扬？

"我刚看到有学生吸着烟进到教室里来了。"

上课了，今老师说。

同学们东张西望，开始笑，笑声里还夹杂着一声很小的口哨声，今老师偏偏听到了。

"烟好吸吗？"她朝着口哨的方向望去。

就是他，坐在里面靠窗的那一组，脸上笑笑的，那个笑容看起来很无邪而且很灿烂。

他并没有直接回应今老师的提问，只是笑。

接下来的课堂里，他不时跟旁边的男同学说着话，旁边的男生不想理他，他就趴到别人的耳朵边上去说，显然男生很不情愿地想要推开他，他却依然我行我素地去"骚扰"。

今老师的目光和言语提示一点作用都没有，真是在老师眼皮子底下"欺负人"！

"你姓什么？叫什么？"今老师指了指他。

感受即真实
——青春期成长故事

"王,王小方(化名)。"他回应说,眼神里带着无所谓。

"还好,你姓王,不然我以为你是他弟弟,你俩真的太像了。"

小方还是笑着不说话,两条乌黑的眉毛特别抢眼,小庆(化名)的也是。

要说两人像,其实五官只有五、六分的相似,主要是态度和课堂行为却有十分的相似。

小庆已经从这所学校毕业了,他学习成绩很不错,运动能力也强,但他的行为却给班集体、同学和老师带来了许多困扰。

02

这个世界就有这么小,难怪会想到小庆。

最近朋友聚会,一朋友家的孩子小馨在读高中,她找了个机会问今老师:"你是**学校的心理老师吧?"

"是呀!"今老师点头。

"我们班里小混混的'头'——小庆就是从你们学校毕业的",感觉她有点神秘兮兮。

"是吗,发生什么事情啦?"今老师有点好奇,原来是他!

"班里有一个女生被他用刀划伤了。"她回答。

用刀?这么严重?!

原来,这个被刀划伤的女生A是一个很优秀的学生,学习成绩好还多才多艺,班上有一个男生对她有好感,总是找机会接近她。这被另一个女生B看在眼里,因为她喜欢这个男生,于是对女生A产生不满。但女生A不搭理女生B的"挑战",对那男生也是该怎样就怎样、正常同学交往,于是女生B就找了小庆为她出气。一次晚自习,班里没有老师看班,小庆手里拿着小刀在玩,女生B故意让他把小刀扔给自己,他就朝前面的女生A身上扔。当时是夏天,小刀划到了女生A的手臂,划出了一道红印子,还渗出了血。

听起来这么复杂,简直堪比电视剧里演的"狗血"剧情了。

看着今老师难以置信的眼神，小馨说：

"是真的，我是女生A的同桌，当时被吓到了，好危险，差点扔到我的身上。"

"那女生怎样？"今老师问。

"她没有吭声，去了医务室"，小馨说，"我陪她去的，她当时就说算了，那个女生B不止一次地挑衅她，主要是女生B跟那几个男生关系好，如果回应可能会更变本加厉"。

"这，这怎么可以……你们，老师不管的吗？"今老师想的是，学校总还有学校对学生行为的约束力吧。

"管了，没用，他经常带刀去学校。他就是这样的，时不时就把刀拿在手里玩，对谁不满意就在谁眼前晃，应该是威胁吧。"

这还是学校吗，听起来让人不可思议，可，他（小庆）初中那会儿不也时不时带刀具来学校的啊。

❸

"当一个人什么都不怕的时候，我最怕他。"今老师记得曾对小庆说过这样的话。

那是那一届新生入学后今老师发现心理教室的课桌经常会被"损害"，轻则在上面写写画画，因擦不掉而留下印痕、影响美观；重则有很深的划痕，桌面表皮被人为地撕开，或零件被拆卸。她觉得很奇怪，为什么上课的时候看不到这些行为，估计是这些学生就是趁自己不留意的时候做的，比较隐蔽。于是她在课堂上叮嘱了每一个班级的学生要爱护学校公共财物，同时也加强了观察，看看到底是哪个班的学生做的。

一次上课，今老师发现小庆不时低头不知在做什么，她不动声色地在教室里边走边讲，走到小庆旁边时，她看到了课桌第二层有新的破损，像是被刀割刻过的痕迹。下课后，她把小庆留了下来。

"拿给老师吧。"她说。

感受即真实
——青春期成长故事

"什么？！"他说，很不屑。

"你用什么弄的桌子，就拿给老师。"她说。

"我没有啊，你看到了吗？"他说。

"你看看，这个地方缺了一小块，上课前每张课桌我都检查了，这里是新划的。"她能肯定。

"老师你不要冤枉人，我没有弄。"他眼睛里闪现出不快。

"好吧，既然你说不是你做的，老师相信你，我会再观察，而且每节课的上下课我都会检查所有课桌的情况。"她说。

对于这种做了还不承认的行为，死磕也是毫无意义的，只能是下次抓个正着才算数。

第二天，今老师来上班，发现心理教室的门上印出了几个大大的脚印，很明显，是用脚踹的。走道的展板也被戳破了几个小洞，似是用比较硬但不是很尖锐的"工具"弄的。

"谁？"今老师脑子里搜索着近期发生的事情，还是不去随意怀疑和推测了吧，要不要去调监控录像？好像又不至于，先这样吧。

结果第二周，小庆的课桌又出现了新的破损，而且用出水笔把破损的部分涂上了浓浓的黑色，隐约还可以看到两个字母的刻痕，这样看比之前更扎眼难看了。

他到底是什么时候做的？今老师认为自己的观察力够敏锐了，怎么当场没有留意到，难道是因为最后一排更难发现？

第二轮谈话又开始了。

"老师，不是我做的。"他说。

"上课之前我检查了，这里的破损就是上周的那个样子，现在不仅面积大了很多，还被涂黑了。"她说。

"我没有做呀。"他依然说。

"你觉得课桌现在这个样子好看吗？这是学校的公共财物，每个人都有义务爱护。"她说。

"你看到我做了吗？"他说。

"你可以把口袋翻开一下,让老师看看里面是否放了什么东西吗?"她说。

虽然知道这样可能不妥,但她要确认一下。

他眼睛瞪着,一副"视死如归"的样子。

"老师,我都很给你面子啦,你不要冤枉我。"

对规则的敬畏就是行为的底线,如果内心没有行为的标尺就可能没有底线,似乎是如此。

今老师发现两次沟通的尝试带来的却是更深的敌对情绪,那眼神不像是一个十几岁孩子的,有点让人担忧。

怎么办?她不能违心地说"我可以理解和原谅你损害公物的行为",因为这本来就是她不能接受的行为,就让他回班级上课去吧,口头的约定会有用吗,不过还是要尝试一下吧。

04

终于一次下课后,今老师收拾教室,在小庆课桌的第二层发现了一样东西,估计是忘记带走了——一把美术手工刻刀,原来是在用这个东西"作案",他一直不承认是自己做的,但是一直还在做着"破坏"的事,可能他认为这没什么大不了的吧。

今老师觉得还是有必要跟班主任蒋老师交流一下小庆的问题。

刚巧,蒋老师最近正在为小庆的事情头疼。前两天体育课,不知怎么小庆撞到了一个男生,那男生不情愿,伸手去打小庆,结果两人就扭打起来,恐怖的是小庆居然把那男生压在地上,两手扯着他的头发就把头往地上撞,在场同学都看懵了。体育老师在带另一组学生活动,听到动静赶紧跑来制止了。有点严重的是,打闹中小庆狠狠地踢了那男生肚子一脚,应该是很疼,很快校医过来了,也通知家长赶紧接走那男生去医院了,医生建议需要先留院观察,第二天都没有来学校上学。

蒋老师这两天正在为双方的家长做调解,对方家长一定坚持要学校给小庆记过

感受即真实
——青春期成长故事

处分,因为这个情节太严重了,一个中学生怎么可以对自己的同学下这么狠的手。

"听说小庆在小学高年级时就把一个同学给弄骨折了。"对方家长还打听到了这样的消息。

而这次从那个男生那还了解到一些信息,小庆之前曾多次要求他请客喝饮料或买东西吃,但被那男生拒绝了,他认为体育课上小庆是故意撞他的,他知道跟小庆走比较近的那几个学生是"经常要请他客的"。

小庆是肯定不会承认有这样的事情,"我没有故意撞他,是真的不小心的。""他们跟我关系好,他们愿意请我,我也经常请他们喝饮料、吃零食呀!"

对于小庆在学校的表现,小庆的父母表示一定会严加管教,但希望学校不要给他处分,因为并没有给对方造成太严重的伤害,如果处分会觉得给重了,对孩子也有失公允。父母表示平时给孩子的零花钱已经算比较多的了,他没钱花自己也会在父母的包里拿,家里不会管他这些,只要他好好学习就好,所以他也不可能去强迫同学请他的客,不过他在班级里跟男孩子之间的人际关系都还不错,应该就是孩子们之间的"礼尚往来"。

美国著名心理学家爱利克·埃里克森曾说"孩子会在父母注视自己喜悦的眼光中看到自己",学习成绩好的孩子似乎往往能得到家庭更多的接纳和支持,家长可能会忽略掉孩子身上的一些他们认为"并不重要"的东西。

"怎么办?这一堆的事情放在这还不知道怎么处理呢!"蒋老师感到不好办。

是呀,这样看来,教室里课桌损害的事还不是什么紧急要处理的大事情了。

"这个,还是交由学校德育部门去处理吧。"今老师建议。

本来还想说一下展板被戳破的猜测,可能就是用的美工雕刻刀,看着蒋老师有点焦头烂额的样子,今老师也不好意思为这些"小事"去烦扰他了。

这件事情之后,蒋老师反馈小庆在班级经常会针对那个男生,还怂恿关系好的那几个学生一起捉弄他。班主任也有自己的难处,不可能一直守在班里,就是自己在的时候课堂纪律也不一定能压得下来,真是让人头疼的一个班。

05

磕磕碰碰中时间总是要往前走，新一届学生入学，老一届学生升学，今老师再见到小庆已经是八年级过半。

他被蒋老师要求见心理老师。不管愿意与否，他也来了，个子高了，成熟了，很大方的在沙发上坐下，从眼神看更像一个"大人"。

想到蒋老师提前发给自己的图片，六把排列整齐的刀，长短不一，最长的那一把真的有点长，尖尖的，把把都很锋利，看上去有点吓人。

这是经班干部举报，小庆带到学校里来的。小庆跟班上另一个同学起矛盾，第二天就带刀来学校了，据说是为了威胁那个同学。

蒋老师赶紧到班级处理，果然从小庆的抽屉里搜出那几把刀，如果真的伤到同学后果将不堪设想。

"我们今天可以聊些什么呢？"今老师问。

"不知道，没什么可以聊的。"小庆回答。

是呀，今老师也感到好难。她之前跟这个学生一周上一次课见一面，之后跟这个学生一个学期见不了几面，情感的连接似乎一直都没有建立起来，从哪里谈这个学生都在防御、在抵触，如果他不配合就只是双方耗着时间而已。

可想而知，这一次的"面谈"只是停留在询问情况，小庆对于带锋利刀具来学校的行为并没有觉得有什么问题，"就是想带过来玩玩，跟同学开个玩笑而已"。

"当一个人什么都不怕的时候，我会很怕他。"快结束的时候，今老师对小庆说。其实这个"怕"是一个人的行为底线，这个底线是以良知作为标尺的，如果没有了这个底线，那将是一件很可怕的事情，所以每个人都要把握住这个底线，什么可为、什么不可为。

这听上去更像是道德教育，总之，之后陆陆续续会听到关于小庆的一些信息：在班里偷着吸烟，"召集"同学喝酒，把女生往男厕所里拉，据说还有一次

感受即真实
——青春期成长故事

在校门口被校外几个学生围堵打架……每每发生这样的事情最后的办法就只能是班主任、心理老师、级长或德育主任甚至校领导告知家长、约谈家长，希望家长积极与学校配合加强对孩子的教育引导。父母最多的反应就是表示回家会跟孩子谈，只是他俩工作很忙有时顾不过来，其实孩子还是很喜欢去学校的，这个阶段的男孩子会调皮一些，也希望学校不要太压制孩子们的天性。

这样的家校沟通效果是各占一方，不尽人意！果然，进入到高中，无意中又听到了他的消息。

之前听过一个心理学专家的讲座，对立违抗性障碍是品行障碍的前驱症，品行障碍又是成人反社会人格的前驱症，那学校可以做些什么，难道就只能眼睁睁地看着吗？

这让今老师想起蒋老师之前问过自己的一个问题："像有些情况比较特殊的学生去到高中了是不是可以联系到高中心理老师反馈学生的情况，以此可以让高中老师们多关注一下。"

是呀，这是一个很好的提议，可以一试。

06

那所高中是本地一所非常不错的名校高中，今老师刚巧认识那所高中的心理老师，他是一个工作了十几年的中年男老师，经验很丰富。她专门问起了小庆的情况，他果然很了解"这个学生"。"目前先冷他一会儿，看得出来他有跟我接近和交流的愿望，但还需再缓一缓，等待时机，我会好好跟他聊聊的。"类似小庆的情况，如能发展出自身的正能量，那将会非常强大，但如果是负能量，破坏力可能也会很强大。

今老师心里暗自期待，说不定小庆在高中阶段能够遇到可以真正走入他内心、引领他的那个人。有时候，成长就是在等待合适的时机。

而如今的小方，又很让人担心。

在这个班里，今老师要花掉80%的精力在他身上，因为他做的每一件事情都会给他人或课堂带来很大的波动：大声地接老师的话；不停地说笑；上课吹口哨；自己没带笔直接抢同学的；做不雅的手势，说"难听"的话，一次把旁边男生说哭了……今老师需要时刻提醒小方注意自己的言行，有时候要站在他的身边，一手搭在他的肩上，另一手拿着话筒讲课，不然他又会去"骚扰"其他人了。

在这个年级里，小方是今老师"提醒"得最多的学生，他不是做不到，而是故意为之，而且能量还很强。

今老师心里只希望，他一定不要像他。

后记

在这个城市有两所特殊教育学校，A学校招收的是各类残疾孩子，B学校部分招收的是家庭和学校难以教育引导的孩子。这么多年来今老师只推荐了一名学生转到了B学校，家长当时也能接受，因为家庭教育功能确实已经失衡，完全管不了那个孩子，家长不得不走出这一步。今老师依稀记得很多年前有一部很火的电视连续剧《寻找回来的世界》，讲的就是20世纪80年代工读学校老师和学生的故事。工读学校招收的是13—18岁有严重不良行为但未达到违法犯罪程度、还不足以送少年管教所的青少年，半工半读，带有一定的强制性，这种办学模式也存在一定争议。而实际上，有一类学生，他们的行为还达不到去工读学校的程度，在普通学校又会严重影响到正常教学秩序，这一类学生也需要得到社会的重视。前几年湖南卫视拍摄的一档生活角色互换真人秀节目《变形计》关注的就是这一类孩子，主创们希望能够通过他们与边远农村贫困家庭孩子的七天互换人生来感化他们，引发了社会热点讨论。

心灵花园

品行障碍

品行障碍（CD）指18岁以下儿童青少年期出现的持久性反社会型行为、攻击性行为和对立违抗行为，是一种外向型行为障碍。这些异常行为严重违反了相应年龄的社会行为规范和道德准则，与正常儿童的调皮和青少年的逆反相比更为严重。国内调查发现患病率1.45%—7.35%，男女之比为9∶1，患病高峰年龄为13岁。品行障碍由生物学因素、家庭因素和社会环境因素相互作用所致。品行障碍以心理治疗为主，必要时短暂药物治疗，其中家庭治疗非常重要。家庭治疗必须取得父母的积极参加和合作，主要围绕以下内容进行：协调家庭成员之间，特别是亲子间的关系；纠正父母对子女不良行为采用的熟视无睹或严厉惩罚的处理方式；训练父母学习用适当的方法与子女进行交流，用讨论和协商以及正面行为强化的方法对子女进行教育，减少家庭内的负性生活事件及父母自己的不良行为。

"不许动！"

01

今老师去一家医院参加他们组织的学术交流讲座，台上讲课的是一位来自台湾的儿童心理专家，大概50多岁，声音很洪亮，他讲座的主题是"儿童多动症"。

一听就知道这个专家接触过很多很多儿童多动症的案例，他说话很幽默，一直笑笑的，很可爱，讲课的时候不停地在讲台前方的两端走来走去，估计是想让更多听课的专业医生可以看到他。

今老师是感官综合型的学习者，既要看又要听还要做笔记，她的头就不停地跟随着他的脚步转过来、转过去。好不容易他停下来不走了，讲着讲着居然就在原地两只脚交替着跳来跳去，左边右边、右边左边，今老师坐得比较靠前，闪得她眼睛晃晃的。

啊，一个"运动型"的大咖讲师！

看到大家都在津津有味地听课，"难道只有我一人受到影响？！"此时，今老师真想冲上前去对那人大喊一声："老师，不许动！"

果然，讲着讲着他就揭了自己的"秘密"，他为什么选择"儿童多动症"这个方向，因为他自己小时候就被诊断为"多动症"，而且到现在还"多动"。

医生们听到这都"哈哈"大笑，真的是很可爱的一位老师。

是的，是"多动症"又怎样？不会影响他成为一名儿童精神医学专家！他在讲台上开心地讲着他的课，享受着走来走去、蹦来跳去的过程，下面听课的

感受即真实
——青春期成长故事

儿童心理专科医生也不能"拿"他怎样！

今老师参加过好几个台湾讲师的学习，他们做学问都很投入很专精，做就把一件事情做得很彻底，他也是如此，非常令人佩服。

这让今老师想到了小山（化名），她接待的一个ADHD的学生。

02

开学不久，小学一年级班主任陈老师就跟今老师"投诉"：小山上课坐不住，屁股左扭扭、右扭扭，不听课，找周围同学说话，动别人的东西，还会下座位，有一次上课居然在教室里满地爬，都爬到讲台上去了，不管怎么提醒他"坐好！"都没用。本想着小山熟悉新环境了会好一点，但一直没有任何改善，全班几十个学生，管他这一个就好费劲。

感觉问题有点严重，今老师建议陈老师可以约家长来学校谈谈，把小山的表现反馈给父母知晓，再一起想办法。

小山的父母如约来到学校，听完陈老师反馈的情况，妈妈很着急，一个劲地说："以前在幼儿园也会这样，但没听说有这么严重啊，怎么办呀？"

爸爸看上去却比较淡定，"男孩子调皮一点很正常啊，我自己小时候就是这么调皮的，长大一点就好了"。爸爸说话语速很慢，带着本地口音。

"如果课堂表现总是这样会影响他的听课和学习的，他现在毕竟不是幼儿园的小朋友了，小学生还是有学习任务的。"陈老师说。

"我也感觉这可能不是'一点调皮'，全班几十个同龄孩子老师一目了然，我建议家长还是要重视这个问题。"今老师也赞同陈老师的观点。

"那你们说要怎么办呀？"小山爸爸问。

"现在开学已经两三周了，学生对新环境差不多都熟悉了，小山的行为还是比较突出，我建议最好带他去医院找心理医生咨询一下，看是入学适应性问题还是其他问题，排除一下吧。"

今老师还补充了一句，"哦，我们学校有一个开心驿站训练社团，如果愿意的话可以让孩子来参加"。

结果，听陈老师说小山父母并未带他去医院看，但是同意让他来参加社团。

03

小山是那种瘦瘦的、声音很清脆的小男生，但"能量"却不小。社团活动是以感觉统合训练为主，今老师在讲解动作时就可以看到小山会左看看、后看看，就是不看她，她要提醒示意他"小山"；等她继续讲他又左扭扭、右扭扭找旁边的同学说话，她又要提醒他"小山"；一不小心他的手上就会多一样小东西在玩，或是嘴里在吃东西，估计是事先装在口袋里的，她又要提醒他"小山，玩具先收好，零食等会吃"；再不留意他就已经跑开了去动旁边的训练器材了……总之，老师的注意力要时刻盯在他的身上，不然就不知道他的注意力去哪里了，是挺"费心"的。不过，他的训练动作在社团成员里还算做得挺好的，喜欢的活动也愿意参与，说不定这是鼓励他的一个契机吧。

但每周一次的社团训练对小山可以起多大的作用呢？小山在班级的表现还是会让老师们头疼。上课不能集中注意力听课，回家写作业也边玩边写拖拉磨蹭，考试自然就考不好，成绩也不好看，爸爸采取简单粗暴，妈妈看着无能为力。同学之间相处也遇到问题，因为小山总是动别人的东西或对别人"动手动脚"，同学之间的小打小闹不少。在学校的表现不尽人意，陈老师就经常跟家长反馈，爸爸又会简单粗暴，这样形成了一个循环。

于是，一段时间里，小山的耳朵边充满着："小山，坐好！""小山，认真一点！""小山，排好队！""小山，别去打扰别人！""小山，别动！""小山，不许动！"……渐渐地，小山成了班级里那个不受大家欢迎的人。

可小山他不是自己想这样的，他是控制不住，他是自己做不到。或许他也困在这个烦恼里，他也很烦躁，他需要更多的时间和机会去发展自己的注意力、自控力，但年龄不等他，到了这个时候他就得跟大家一起来上学。

今老师也把这个意思及时表达给了陈老师，小山的情况比较严重，社团训练的强度和时间对他来说是远远不够的，还是需要家长配合，多想一些办法和措施，比如寻求医学帮助，运动治疗等等。

04

之后，小山在社团里的表现也发生了变化。随着一天天长大，他的自主意识越来越强，越来越不愿意配合各种活动。他的眼神里充满着倦怠，似乎在说："我就这样了，别管我！"今老师想鼓励他参与，有时会到他身边去拉他，但感觉他就像一滩软泥，丝毫都拉不动。

而小山在班级的情况，也不乐观。孩子们都在长大，在人际交往上逐渐有了对自己、对他人的评判和看法，小山在班级里自然得不到同学们的认可，有的孩子还会刻意躲开他，不跟他玩。于是，小山有时就会故意去"招惹"这些孩子，特别是就他看来对他不是那么"友好"的孩子。于是隔三岔五地小山就会被同学投诉："陈老师，小山在课堂上又故意捣乱了""陈老师，小山又抢我们东西了""陈老师，小山又骂脏话了""陈老师，小山又推人了"……有家长们跟陈老师反馈说孩子回家告知班里有个学生很像漫画小说《阿衰online》里的阿衰，经常搞破坏，希望老师能够帮忙处理，让小山不要随意"欺负"同学了。

之前的小山是对自己的行为控制不住，渐渐地有些行为是他故意而为之："谁让同学们不喜欢我，我也不喜欢他们！"这也是今老师最担心的，这是一个不太好的信号，孩子对自己和他人的认知会影响他的行为，一定要再次告知家长引起重视。

05

而再次见到小山妈妈，是她主动来到咨询室。

小山妈妈告诉今老师，其实在第一次跟老师们会面后，他们就带小山去见了心理医生，医生说他是"儿童多动症"，需要药物治疗。但是爸爸说什么都不同意用药，担心药物对孩子有副作用，当时拿了药都不给他吃。

在家里，自己和孩子爸爸意见完全不一致。爸爸一方面不同意给孩子用药，但对于孩子学习不好又不能忍受，每次都是指责打骂。而她认为如果需要吃药就要配合医生的建议，也不赞成爸爸用简单粗暴方式应对，所以夫妻俩经常会为小山的教育问题争吵。

这次来，小山妈妈是要告诉今老师她的一个决定，让小山换一个环境，把他转到一个私立的住宿学校去。因为在班级里，小山已经成了"同学们害怕和讨厌的一个人"；而在家里，爸爸、妈妈的分歧与不和对小山的成长也不利。现在她想明白了，不愿意再这样下去了，既然不用药，就给孩子换一个环境，学业先放到一边，让孩子做一个全面的调整。

听完小山妈妈的话，今老师感受到这个决定是需要家长有很大的决心，她还是很佩服小山妈妈的魄力。

妈妈其实是最煎熬的那个人，小山还是个小学生，她心里一定舍不得他离开她的身边去到一个"不可预知"的地方。但她又不得不这样做，只有变化才有可能带来变化，她需要去尝试和冒险，因为她发现再这样下去孩子就真的可能毁了，而这个"毁"，是孩子的内心——孩子对他自己的看法和期盼，而这，对于逐渐步入青春期的小山尤其重要。

06

今老师再次见到小山，他已经进入了初中，远远的那个身形，虽然个子长高了，依然瘦瘦的，很熟悉。

她没有主动联系他现在的班主任，因为在她的记忆里还是那个小学的小山，而对于中学的小山，她其实一无所知。不过她一直没有收到班主任关于小山的什么信息，所以她推测，他在班里的情况一切还好，这就是最好的消息。

一次年级篮球赛，今老师看到小山作为班级主力上场。他在场上很活跃，跟队友们配合积极，也发挥了自己身高的优势，为班级挣得不少分，最后他们班拿下了年级第二名。今老师想，每一场比赛同学们的呐喊声和欢呼声应是对他最大的鼓励吧。

不知道在住宿学校的那段时日小山是如何度过的，在他身上发生了什么故事，可能很顺利，也可能有波折，但无疑小山妈妈当时的决定是明智的，至少那一段艰难的路程是走过来了。

没有一个人可以事先预知未来，但或许在人生的每个阶段里遇到的艰难其实都有转机，重要的是能不"执着"于眼前而找到或抓住那个契机。而这，是需要智慧和胆识的。

后记

小山妈妈私下里跟陈老师沟通，感觉今老师总是想把小山往医院里推，就是希望让他们带小山去看"病"。而实际上是，只要一带孩子去医院，除了要填很多很多的表格之外，医生就是开药，除了开药似乎也没有其他更好的方法。陈老师也疑惑，之前也有学生上课注意力不集中、好动，为什么今老师唯独一直建议要带小山去医院看，难道是小山的情况更严重？今老师表示那是当然，她其实并不鼓励吃药，但对于小山的情况能够服药是最好的，可以帮助他改善注意力和控制行为，至少就不会成天都是各方"铺天盖地"的负面信息反馈到他，让他觉得自己很糟糕、他是一个让人讨厌的人。但是否用药的问题最终是由监护人决定的，就要看他们看重的是什么，是服药可能带来的副作用还是症状改善后的积极作用，而实际工作中遇到的选择不给孩子服药的家长会更多。

心灵花园

注意力缺陷/多动障碍

多动是指在不恰当的时候过多的躯体运动，或过于坐立不安、手脚动个不停或讲话过多。冲动是指没有事先考虑就匆忙行事且归于个体有较大的潜在造成伤害的可能性。注意缺陷/多动障碍（ADHD）俗称多动症，基本特征是一种干扰了功能或发育的持续的注意力缺陷和/或多动—冲动的模式。始于儿童期，在12岁前症状表现就很明显。多动症在儿童中患病率约为5%，男女比例2：1，成人患病率约为2.5%。多动症需要综合治疗，目前治疗方法主要有药物治疗、心理行为治疗、家庭治疗、脑电生物反馈治疗等，其中药物治疗是首选。家庭治疗是通过培训，教给父母如何管理子女行为的方法，给家长解释ADHD儿童产生对抗行为的原因，使父母能更加理解孩子的需要，更好地对其行为做出适当反馈。父母培训可创造一种长期、持续、有利康复的环境，使ADHD儿童能减少对抗行为，逐渐展示他们具有良好行为的能力。

感受即真实
——青春期成长故事

不是故意的！

01

小存（化名）妈妈来到咨询室时，小存升入中学已经有一段时间了。

小学6年本就是求学生涯里比较长的一个阶段，可能对于小存家庭来说会更加漫长，而在这个阶段里，小存妈妈一直保持着与今老师之间偶尔的联系。

因双方已经比较熟悉了，不需要"绕弯子"，小存妈妈直接进入此次来访的目的，小存的同学交往问题和情绪问题。

进入到中学之后妈妈感觉小存在班级没有朋友，他也想交朋友但很自卑，成天闷闷不乐的样子，在学校和家里都说不了几句话。面部肌肉的抽动和喉咙发声会让他情绪烦躁，有时甚至会打自己，这也让作为妈妈的她很痛苦。

今老师的脑海里闪现出小存的模样，依然瘦瘦的，个子似乎没怎么长，见到她也没有自己期待的那种亲切感，反而会躲避自己的目光，眼神感觉很难聚焦。课堂上喉咙里的发声有时会很大很突然，但他立即会咳嗽两声来掩盖一下，班上同学还好，没有太大的反应。今老师每次想跟他交流都很躲闪，眼睛里似乎有一丝胆怯，或许是不想面对面的与人交流，而那瘦小而略显弓背的身影是有些让人心疼。

抽动对于小存来说就如同一个"恶魔"一直纠缠着他，让他觉得自己是跟别人不一样的"怪人"，特别是青春期自我意识增强了，更会在意自己的形象，而这种意识越强烈，就越让他感到自卑，在社交方面就会越发退缩。

而作为小存的家人,又何尝不是对之深恶痛绝?

02

今老师第一次见到小存妈妈是小一新生入学家长会后,一个清瘦的母亲,看上去有些焦虑。

小存妈妈担心自己的孩子入学后会不适应,因为他有一些与其他孩子不一样的"奇怪行为":经常会挤眉弄眼、耸鼻子、咧嘴,有时还会甩肩、喉咙里发出怪叫声。刚开始出现时他们夫妻俩和幼儿园老师都以为是孩子调皮故意的,或骂他,或不允许他这样,后来发现越骂越关注他反而他越紧张得厉害。之前在幼儿园还好,孩子们都小不懂事,虽然偶尔也会有小朋友学学他,但老师指出之后就好多了。现在才刚入小学不久,小存回家就说班上有同学学他、笑他。

听到小存妈妈的反馈,孩子的表现还是蛮典型的,今老师决定实话告知。

"孩子的情况可能是'抽动症',可以在网上查阅一下相关资料,带孩子去正规医院见一下心理医生,评估一下严重程度,看是否需要医学帮助。"

小存妈妈听到今老师反馈的信息简直不能接受,自己的孩子怎么可能是一种"病症",这不是意味着问题很严重啦?!

可以理解一个母亲心怀的那一点点侥幸被扑灭的那种愤怒与失落,她之前可能自己也在怀疑,纠结要不要带孩子去看"病",但就这样被人直接挑破还是很难受。

今老师表示也可以再观察一下,多鼓励孩子放松下来,并推荐了一部美国电影《叫我第一名》,建议爸爸、妈妈一起看。

03

接着今老师把小存妈妈咨询的情况反馈给了卫老师,一位刚入职不久的年轻班主任,卫老师表示还从来没有听说过有这种病症。小存在课堂上喉咙里会发出

"呃——呃——"的怪叫，有时还挤眉弄眼，她也以为他是调皮故意的，还批评过他，看样子是错怪他了。

但这种情况该怎么办呀？如果小存总是这样，同学们会忍不住笑，也会打扰到课堂，对他自己和班级多少都会有影响，卫老师很想知道她可以做什么。

今老师提议可以再跟小存的父母聊一下，建议尽早带他去就医。在班级里可以鼓励孩子们相互尊重、友善，每个人都有自己的特点和不同，不去过度关注小存的行为，孩子们开始是觉得好玩，习惯了就不稀奇了。小存还可以参加学校的开心驿站社团训练，看看能不能帮助到他。

对，还有看电影，卫老师也可以看电影，《叫我第一名》。

04

就这样，小存加入了今老师的社团。第一眼看上去他真的很瘦，但不是那种营养不良的瘦，他也很乖，眼里闪着清澈的光，今老师很喜欢这个小男生。

没想到在开心驿站社团里小存是掌握各项训练动作最快、最标准的那个，没多久，他就成了今老师的得力小助手。

"下面进行滑板爬活动，小存你来做示范""我们来做大滑板，先看小存做一遍""这个动作有点难，吊袋套圈，小存你先来做"，还有大笼球、袋鼠跳、平衡木……特别是跳羊角球，小存每一下都跳得又高又远，真是标准示范。

今老师发现小存在社团里也很开心，偶尔也会发现他有挤眉咧嘴的动作，但其他几个孩子都没有留意，也没有影响他参加任何活动。

但卫老师反映，小存在班级里的情况会有点不同：有时候觉得他很严重，不停地眨眼睛歪嘴巴、课堂上发出怪声，有时又感觉这些表现似乎消失了，基本观察不到。所以她会产生一种"错觉"，小存自己是可以控制的，他是为了吸引大家的注意力，所以在课堂上"发声"严重时她又会忍不住批评他，他就直直地坐着，眼里也没有什么反应。后来她查看了一些相关资料，了解了抽动行为跟患儿的情绪有关，会有波动，想想这孩子也挺可怜的，一下子又对他充满了恻隐之心。

至于小存的父母那边，卫老师一直在询问是否有带他去医院就医，但一直没有得到正面的回复。

⑤

升入小学中年段后，小存就没有参加社团活动了。

这天小存妈妈来找今老师的原因是小存的学习成绩越来越不理想，前一天刚带他去看了心理医生。

妈妈告诉今老师，其实很早就带小存去医院看过，医生诊断为"抽动障碍"，在服药治疗。昨天去医院就诊，医生又告知她小存还存在注意力缺陷问题，因此会影响到他的学习成绩，而抽动和注意力缺陷在同一个孩子身上出现的几率还比较高，治疗方面会更复杂。

从小存妈妈的表情来看她非常难受，今老师记起第一次交谈告知小存有抽动时她也是难以接受。想想小存妈妈愿意主动来咨询，可能也是感到今老师的判断还是准确的吧。

"为什么这些问题都落在我的孩子身上呀？我和他爸的家族里都没有这样的人呀！亲戚、朋友看到了都会问我'这孩子是怎么啦'，我都不知道要怎么回答，只能少带他出门。为什么偏偏我的孩子就有这些问题，他实在太可怜了，有时候他会问'妈妈，为什么我会这样，我控制不住'，他会很烦躁。我们也在积极配合医生的治疗，也在吃药，但症状并没有完全控制住，他每次发作时也很难受，因为他担心别人把他当怪物看，不想看到同学模仿他、笑他。他真的是一个很乖、很善良的孩子。"

小存妈妈哭诉着，心里压抑了很多的愤怒、不满、羞耻、委屈和对孩子的愧疚。

在今老师的印象中，小存每次训练动作都做得很到位，而且很乐意当她的小助手，让他做示范的时候非常认真，嘴角还笑笑的。

"是呀，小存是一个很可爱的孩子，在社团里他表现得很好，根本看不出抽动的影响。"今老师拍着他妈妈的肩肯定地说。

"那现在要怎么做呢？医生有什么建议吗？"今老师继续问。

"医生说两个问题都要治。注意力问题如果不治对他学习方面的影响会越来越大，所以要把治疗注意力缺陷的药物加上。据说药物都有副作用，小存还这么小，就要受这个罪，真是太可怜了。"小存妈妈说着，眼泪又出来了。

今老师真的很同情眼前这个有些不知所措的妈妈，感觉她对自己的孩子有着很强烈的"病耻感"和"愧疚感"，她也很矛盾。现在必须给她支持和力量，让她相信心理医生的专业判断，并坚持配合医生的治疗和建议，当然首先还是要照顾好自己的情绪，这样才能更好地去帮助孩子。

06

而现在，小存的抽动症状依然比较明显，这是他交友的主要"障碍"，也是他情绪波动的主要原因。

"他后来的治疗情况怎样？"今老师问。

"这都怪我们，其实也是我们害了他。"小存妈妈依然有着深深的愧疚情绪。

原来因为担心药物副作用他们看到孩子情况有所好转了就自行把两种药物都停了，谁知不久发现症状加重，又把两种药物都加上，后来又感觉吃了也没有多大作用又自行停了抽动的药，这样来回折腾了好几回。因为这，一直看诊的心理医生每次都很生气，家长的自作主张反而让孩子得不到系统有效的治疗，其实是延误了孩子。

听到这，今老师可以理解作为家长的担心和难处，她知道有很大一部分家长因为考虑药物副作用而选择不给孩子服药。其实有的孩子随着年龄的增长不服药行为也能得到改善，但也有的可能就会因耽误治疗越来越严重，可谁也不能确定而去冒这个风险呀!

"目前最严重的还是他会打自己,一次晚上他在写作业,我听到他喉咙里发出了很大的声音,等我进到他房间就发现他在打自己的脸,把自己的一边脸颊都打红了。"说到这,小存妈妈哽咽了。

"他应是觉得无能为力,只能用这种方式去对抗,我们也没有更好的办法帮助他,这么多年来真的已经很疲惫了。"

是的,对病症的"病耻感"和不接纳,是内心最大的痛苦和冲突,而这,在青春期阶段会更加突出。

有时候现实就是如此,不是我们努力了就一定能得到想要的效果。同样的问题对于不同的人,有的可能是一过性的,不管治不治疗,过了那个阶段就不会再出现;有的可能通过系统的医学干预就能完全康复;有的可能需要一直服药才能维持常态;有的可能不管怎么治疗都会继续发展并加重……

但不管是哪一种状态,都需要一家人齐心协力,它不是"洪水猛兽",也不是谁的错,可以把它看作孩子的一个独特的特征,以积极的态度,配合专业的治疗和干预,尽量把所有不利因素对孩子的负面影响减到最小。最重要的是保护孩子的自尊,没有十全十美的人,其实人生中"抽动行为"不是什么大问题,一样可以好好学习、好好生活,做一个可以发挥自身价值的人。

当然,听起来似乎很平常,但要做到却是需要强大的内心力量和勇气的,不仅是孩子,更包括父母。

07

印度电影《嗝嗝老师》上映了,今老师坐在电影院里。看着女主的遭遇和剧情的发展,她想,如果当初小存妈妈能听取建议,如有亲人或朋友问起小存的情况,就坦诚告知他是"抽动",不是什么大问题,正在接受治疗;也告诉小存,如有其他同学笑他的行为,就大方地告诉他们这是"抽动",自己是控制不住的，爸爸、妈妈正在想办法帮助他治疗。

父母传递给孩子的态度是，对于他的这个"不一样"，既不避讳也不遮掩，因为这并不是一件见不得人的事，就像有人感冒了会发烧、吃坏了肚子会疼、摔倒了会受伤一样，以平常心去对待，努力想办法去应对，那现在进入青春期的他会不会有所不同呢？

后记

一次家庭出游，大家坐在车上边笑边聊。卫老师一个朋友的先生开车，忽然他喉咙里发出"呃"地一声，头还抖动了一下，大家说笑着都没有留意，但卫老师却观察到了，而这时，卫老师想到了小存。有时候我们自身并不是很喜欢的一些特征可能会是自己人生中的特殊"伙伴"，或许会伴随我们一辈子，但它并不会影响我们吃饭、睡觉、工作、结婚生子，那就随它好了，因为，怎样生活，由我们自己说了算。

心灵花园

抽动障碍

抽动障碍在精神障碍诊断与统计手册5（DSM5）里是神经发育障碍里的一种。抽动主要是指突然的、快速的、反复的、非节律性运动或发声。抽动在儿童期比较常见，有报道显示患病率0.77%，男性多见，发病通常在4—6岁，严重期高峰在10—12岁，但在大多数案例是一过性的。个体常存在多种共病情况，如注意缺陷多动障碍、强迫障碍、行为问题等。其中抽动—秽语综合征的特征是：不自主的、突发的、快速重复的肌肉抽动，在抽动的同时常伴有暴发性的、不自主的喉肌痉挛发声或秽语。抽动症状先从面、颈部开始，逐渐向下蔓延。抽动的部位和形式多种多样，比如眨眼、斜视、撅嘴、摇头、耸肩、缩颈、伸臂、甩臂、挺胸、弯腰、旋转躯体等。发声性抽动则表现为喉鸣音、吼叫声，可逐渐转变为刻板式咒骂、陈述污秽词语等。

儿童个体病情常有波动性，时轻时重，有时可自行缓解一段时间。抽动部位、频度及强度均可发生变化。个体在紧张、焦虑、疲劳、睡眠不足时可加重；精神放松时减轻，睡眠后可消失。个体智力一般正常，部分患儿可伴有注意力不集中、学习困难、情绪障碍等心理问题。

感受**即**真实
　　——青春期成长故事

第四章

家庭人际，
一生的牵绊

家庭是社会生活的最小细胞。家庭人际在核心家庭里有夫妻关系、亲子关系、手足关系，在联合家庭里还有婆媳关系、祖孙关系等等。家庭人际关系在人生发展中起着至关重要的作用，在很多情况下，问题只不过是传达关系焦虑的方式罢了。

无法满足的愿望

01

一大早的心理咨询办公室的电话就响了，是班主任毛老师打来的，说班上有一个学生昨晚离家出走了，今天早上家长打电话来问孩子有没有来学校，毛老师担心学生的心理状态，想让我一起跟学生谈谈。

"嗯，刚好早上没有课，可以的。"我回复毛老师。

当毛老师领着学生一起来到咨询室时我还是诧异了一下。离家出走，我脑子里出现的是一个高高大大的调皮男生的形象，而现在出现在眼前的是一个女生，个子偏高瘦，看上去文文静静的，是我先入为主了。

我们在沙发上坐下来后，毛老师先说话：

"小云（化名），你爸爸早上打电话给我了，说你昨晚离家出走了，是怎么回事可以说说吗？我也叫上了今老师，有什么问题都可以说出来，我们会帮助你的。"

一个十几岁的女孩子，昨晚离家出走了，爸爸今早打电话来问孩子有没有来学校，那整个晚上孩子在哪，家长有没有出去找，有没有想到要报警，家长不担心一个女孩子整夜在外不安全吗？

一连串的疑问在我的脑海里快速闪现，当下感觉自己不是一个心理咨询师，而是一名急于想破案的侦探。

小云低着头不知道在看什么，不说话，她应是不想说什么，这时整个空气都有点凝滞了。

是呀，一个女孩子，为什么会离家出走，整晚也不知道在哪里呆着，今天早上居然还能按时来学校上学，我的好奇心好重。

"小云，你愿意跟我谈谈吗？"我低声问。

她还是低着头，似乎没有说话的欲望。

"小云，要不你跟今老师聊聊，我还有事，聊完了你再回班级上课吧。"毛老师可能是考虑有两个老师在小云会有压力，而且他是男老师，会不会让小云更感觉不自在。还没等小云反应，毛老师就已经跟我示意了一下起身离开了咨询室。

02

啊，房间里就只剩下了我和小云，她那沉静的样子让我担心自己也不一定能让她开口说话。

"小云，你早上过来吃早餐了没？"我试探着问。

停了几秒，她点了点头。

好，有反应了，可能有希望。

"刚才毛老师说的是真的吗，你愿意和我说说吗？"再试探一下。

小云的眼里似乎闪着泪花，但还是没有说话。

"其实刚听到毛老师说你昨晚离家出走了我心里挺担心的，一个女孩子深夜在外面多不安全呀，还好你今天来学校了。"

小云的眼泪有点包不住了，一滴两滴的往外冒。我给她递上了纸巾，她接受了。

我移动位置跟小云一起坐到了长沙发上。

"你愿意跟老师谈谈吗？"我把手搭在她的肩膀上试图安抚她，但她闪开了。

我能理解一个孩子抗拒老师的关心，或许她还没有准备好，或许她觉得她不需要，或许她会觉得老师也不能帮她解决问题，或许这个老师还不是她所信任的人……

"那我就在这里陪陪你吧，如果你现在不想说也没有关系。"我放弃了试图让她开口的想法，还是用手拍了拍她的肩膀，这次她没有躲闪。

时间有点漫长，其实可能只有几分钟的时间小云的眼泪收了，她是不想提及这些事、她不想在别人面前哭，我似乎看到了这个孩子的倔强。

"你想回班级上课吗？"看她情绪平稳了，我问。

她看了我一眼，点了点头。

我跟小云约定，她什么时候想找我聊随时都可以过来约时间，然后目送小云走入同楼层的洗手间，她接受了我的建议，先去洗把脸再回教室。

看到小云进入班级后，我跟毛老师反馈了刚才的情况，也告知毛老师在跟小云接触的过程中我留意了一下她身体的露出部位，如手臂、手腕等处没有看到明显划痕，目前推测来说应是安全的，建议密切观察小云的情绪状态。

毛老师也认为小云在学校表现还是不错的，学习成绩中上，跟同学相处也没问题，有几个关系不错的朋友，从不惹事，他会先跟家长了解一下这次离家出走的情况。

03

过了一段时间，毛老师跟我联系说小云又"犯事"了。

缘由是学校最近在抓课堂行为规范，上课铃声前要求学生做好课前准备，课桌上不能摆放与本堂课无关的书籍物品等。据同学反映，今天年级组长在走道视察时发现靠窗最后一排坐的小云的课桌上还有其他科目的资料没有收进抽屉里，就大声命令要求小云收起来，小云低声说自己没有看，年级组长就在窗外训斥小云"没有看也必须收起来"，小云等他走开后就狠狠地把窗户关上了。年级组长听到关窗的声音返回到教室里让小云去办公室谈话，小云不同意说自己要听课，年级组长就动手去拉小云的椅子，小云没有提防摔在了地上。这些动静影响了语文老师上课，最后语文老师出面说这节课内容很重要让小云下课再去才平息下来。下课后年级组长把小云叫到了办公室，毛老师想让我一起去处理一下。

我到年级组长办公室的时候，发现德育处主任已经在那里了。年级组长还在生气地描述着事情的经过，小云在哭，眼里满是愤怒。主任看着还在生气的年级组长，跟他差不多年纪的中年男老师，表示让他来跟小云聊一下。

看着主任带着小云走出办公室站到走道上，我的耳边年级组长还在生气地诉说着小云的无礼，指责她认识不到自己的错误，我的眼睛则瞟向窗外看到主任在温和地低声说着什么，小云脸上的愤怒渐渐消散了，一会她停止了哭泣，回班级上课了。

我很好奇地问主任跟小云聊了什么，主任笑笑说，他只是站在中立的角度分析了一下问题，根据小云平时的表现她不是一个不讲理的学生，但她很敏感，不愿意被委屈，而且她也同意写检讨。

写检讨，想想整个经过，有那么严重吗？

这一次，更感觉自己的参与是多余的，我依然没有从小云那里得到任何信息，但我对她的感觉还是倔强，不惹事也不怕事，估计年级组长本想"杀鸡骇猴"，但没有料到管个教学常规也能遇上这样的"硬丫头"吧。

经过这两次事情，小云引起了我的好奇。

我总是相信每一个孩子不同寻常的行为背后肯定与家庭有关，小云的行为在我接触的学生中不算严重，排除离家出走这事有点过激，其他似乎也都在青春期孩子的典型表现之内，感觉她的自我调节能力还不错，那也无需我刻意去关注她了。

04

不知过了多长时间，一天下午上班去办公室，看见一个学生背影在门口等我，走近一看，是小云。

"老师，我已经跟毛老师说了，想找您聊聊。"她小声地说。

"好呀！"我把她迎进房间。

似乎已经不再需要前期的预热，小云应该是很需要有人听她说出她内心压抑

感受即真实
——青春期成长故事

很久的情愫。

她昨天又离家出走了。缘由是昨天下午放学回家，才走到家门口准备用钥匙开门，就听到爸爸、妈妈在里面吵架，声音很大，甚至有东西摔落地上的声音，她心里一阵害怕，想转身就走，但还是开门进去了。果然，父母又吵开了。

在她的印象中，从自己很小的时候开始，父母就经常吵架，三天一大吵、两天一小吵，都是日常生活中的一些小事，离婚成了吵架时的口头禅，她和哥哥在家说话、做事就得小心翼翼，生怕犯错了让父母不高兴。哥哥长大一点了会劝说一下，虽然效果不佳但至少哥哥在家，现在哥哥读高中住宿去了，就只有自己了。她不是不想劝，而是没法劝，因为最后父母会把矛头指向她，说很多很难听的话，而且不许"回嘴"，如果回嘴后果会更严重，有时候她甚至会怀疑自己到底是不是他们亲生的。

昨天不知道什么原因父母又开始相互攻击、辱骂，她赶紧躲到自己的房间里，准备写作业。这时爸爸突然走到房间里来，对着她的腿狠狠地踢了一脚，嘴里还念叨着"就是你这个瘟神，没用的东西！"

小云说那一刻顿时觉得腿好疼，太莫名其妙啦！她很愤怒，很委屈，趁父母没有留意收拾起书包冲出了家门。

我可以想象一个女孩子强忍着眼泪冲出家门的绝望，天色已暗，她漫无目的，有家不愿回，因为那是一个令她伤心难过的地方。

小云说从什么时候开始自己就离家出走、什么时候开始自己有了这个胆量，都已经不记得了，但是爸爸打电话到学校的那一次并不是第一次，她真的不想呆在那个家里，一刻都不想！

"那你会去哪里呀？"我关切地问。

原来小云的爸爸是医生，每次离家她都不敢到处乱跑，她会去到离家不远的爸爸工作的医院，找一个椅子呆一个晚上。

很难想象那是怎样的一个晚上，嘈杂的环境，只能坐着休息。虽不是鼓励小云离家出走的行为，但这或许也是一个聪明的做法，这样总比流落街头要强。我想，小云爸爸怎么也想不到孩子就躲在自己工作的医院里吧。

难怪上次父母只是打电话问班主任小云有没有去学校上学，或许是因为不是第一次了父母认为她不会有事，或许如小云所说，家族里就是重男轻女吧！

这样的事换上谁都不会想说出来给别人听，"丢脸""不光彩""不离婚还不是为了你""问题家庭问题孩子"……这不是一个未成年孩子独自可以承受的。

我可以做什么呢，除了安抚小云没有其他。

家庭没有选择，我们改变的只能是自己，你可以选择更坚毅，你可以选择更顽强，你可以努力学好知识和本领，让自己变得更强大，一定相信，这种状况只是暂时的。

05

之后我尝试预约小云的父母来学校面谈，但都以小云爸爸是大医学专家实在太忙了，左推右推最终还是黄了。

小云就是这种家庭环境中生存的女孩子，难怪她那么敏感、那么倔强，我可以理解为什么当时她对年级组长的言行反应那么强烈了，这可能也是她自我保护的一种反应吧。

我想每个孩子的内心都会有一个美好的愿望，就是父母恩爱、善待孩子、家庭和睦，一家人可以开开心心地生活在一起，年龄越小越愿望越强烈，等长大以后自己可以独立了发现得不到时也不想再要了，不是真的不想要，而是就自己个人之力也无法实现。

我想到之前接待过的一个成年女性的咨询，自诉是一个不会笑的人。她自己已经组建家庭结婚生子，父母还一直跟他们生活在一起。从理性上，她是一个善良的人，会尽力安排好老人的基本生活；但从情感上，她很抗拒与父母靠近，特别是看到父母年事已高，两人还在为日常生活中鸡毛蒜皮的琐事指责辱骂、争吵不休时会感到很痛苦。远离，似乎违背孝道；靠近，可能委屈自己，最终最难的还是与这样矛盾的自己相处，小云将来会不会也要面临这样的煎熬呢！

感受即真实
——青春期成长故事

后记

你对现在的家庭生活满意吗？你觉得家人都似朋友般亲切、彼此爱护、相互信任吗？作为家庭里的一员，你认为这是一件令人愉悦和让人兴奋的事吗？对于这几个问题的回答，家庭治疗的重要创始人之一美国知名心理治疗师维吉尼亚·萨提亚，在她的著作《新家庭如何塑造人》中把家庭分为问题家庭和和谐家庭两类。小云对于自己原生家庭的评估就是属于问题家庭，家庭氛围每天是那么的紧张，充满着下一刻父母就会爆发情绪冲突的恐惧和不安，家人之间也毫无友谊可言，更谈不上能给彼此带来欢乐了。她忍受着煎熬，感受到的更多是绝望、无助和孤独。而，人一生下来家庭是无法选择的，可以选择的是自己如何进行自我调整充实当下的每一天，以及对于自己未来家庭和工作的期盼和设想。

心灵花园

家庭环境

家庭环境有软环境、硬环境，他们对于一个人的一生有着至关重要的影响作用。家庭硬环境，是指特定的物质条件，它是人得以发展的基础条件。家庭软环境，是指家庭的心理、道德环境，包括家庭结构和父母教养方式。家庭软环境是家庭生活中人与人之间相互联系时所形成的一种特殊气氛或氛围，它诉诸于人的内在情绪和感受，对人起着潜移默化的作用。每个人从出生伊始就受到家庭环境的影响，这种影响往往是多方面的、深远的，有时候，家庭软环境起着更为重要的作用。

"拉扯"的家人

01

一天下课，小天（化名）主动留下来帮今老师一起整理心理教室的桌椅。

"老师，我可以咨询您一个问题吗？"

"当然可以！"今老师回答。

"最近爸爸、妈妈在闹离婚，心里很烦！"小天直接说。

今老师工作以来接待的学生咨询不少，但这样直接切入敏感话题这还是第一个。

"哦——"，今老师停下了手上了事情，专心听他讲。

他此时的倾诉欲比较强，她先不发表任何评判。

小天表达的意思是，父母近期天天吵架，以前不会当着他的面，现在当着他的面也吵。他有时会试图劝一下，爸妈就会骂他"大人的事，小孩子不要管"，然后接着吵。昨晚又是因为爸爸回家很晚，还喝了很多酒，妈妈开始骂爸爸，爸爸也不让步，又吵闹起来。妈妈还把他从床上拎出来，让他来评理，希望他想清楚，父母离婚以后跟谁过。爸爸骂妈妈不应该把孩子拎起床，又去打妈妈，而他只能缩在一旁角落里哭，什么都做不了。

听小天描述着，今老师可以感受到他当时的害怕和无奈，眼神里应该没有掩饰住对他的同情。

"我真的不想爸爸、妈妈离婚，这几天晚上也睡不好，白天没有精神，总想着

感受即真实
——青春期成长故事

要是他们离婚了我该怎么办呀。"看得出小天有些焦急。

"老师可以理解你现在很难受，父母的事情你是否可以来做决定呢？"小天摇摇头。

"需要老师跟你的父母聊聊吗？"小天又摇摇头。

今老师可以理解他的顾虑，但因为课间时间有限，她打算进入最后阶段。

"那你可以想想现在可以做什么，比如安排好自己的学习和生活，还有在他们没有吵架的时候可以把你的担心和想法说出来，表达你的意愿，如'希望爸爸妈妈在一起，一家人不要分开'。当然，老师相信你还可以想出自己的办法，要不回家试试？"

小天的眼睛亮了一下，或许他也觉得这些办法可以一试，但很快又淡了下来，是内心里压着的那个重重的担心或是恐慌。

唉，学校咨询还不能只是"助人自助"，学生都是未成年人，还是得适当给方法、提建议，但是，孩子咨询关于父母婚姻方面的烦恼，估计比较难达到孩子的预期。

02

结果，没过多久，小天在班主任章老师的陪同下又来到了咨询室。经过了解，上周父母已经提交了离婚申请，爸爸搬出去了，他和妈妈住在一起。如果按照小天的意愿，他也愿意跟妈妈生活，因为爸爸每天应酬很晚回家，平时与妈妈相处得更多，而且爸爸还吸烟、喝酒，他是个男生，但他也不喜欢这些习惯。

此次来咨询室的原因是这一周每天下午放学爸爸都会提前来学校门口等着接他，让他一起吃完晚饭再回家，而这样的结果是，他回家一定会被妈妈骂。

"你这么大的人了他让你去你就去吗，你自己不是有手有脚的，你可以走开啊，你有那么蠢呀！你是不是本来就想跟你爸爸过？"

小天真的感到很烦恼，因为他也跟爸爸说过，妈妈不同意自己每天跟他出去吃晚饭，她会生气骂人，但爸爸说带他去吃好吃的，还给他买礼物，让他不好拒绝。

所以，这两天妈妈也会在学校门口等他放学，爸爸、妈妈遇上了还会当众争吵，这下子感觉很多同学都知道他父母离婚了，让他觉得很崩溃，有时在学校都忍不住想哭。

章老师安抚着小天的情绪，觉得很为难，像这种情况学校老师到底可以做什么，她向今老师投去求助的眼光。

此时，除了先安抚小天的情绪，还是安抚情绪。

03

这时今老师想到了一个场景，几年前参加"萨提亚家庭咨询师"的认证培训。

当时培训讲师设计了一个情境：一个青春期孩子面对父母的离异，让学员追随自己的内心把这个情境演出来，不需要任何台词，只需要面部表情和肢体语言。

今老师和另外两个学员自愿来表演，因三个都是女学员，今老师个子偏高就演了"这个爸爸"。

各站各位。"女儿"站在"爸爸"和"妈妈"中间，她两边张望。他们都向她伸出了自己的手，希望"女儿"可以来到自己的身边。

今老师用眼神不断跟"女儿"交流着，希望"女儿"不要犹豫，赶紧过来。这时，"女儿"挪步走到了"爸爸"的身边，挽住了"爸爸"的胳膊，而"妈妈"眼睁睁地看着"女儿"跟"爸爸"站在一起，甚是亲密，而自己却是孤单只影，很失落，也很无奈，但这个"妈妈"就那么站着，眼巴巴的看着，啥也没说、啥也没做。

这时今老师的心里感到一阵开心，那种感觉，是胜利的，仿佛她自己就是那个"爸爸"。

感受即真实
——青春期成长故事

这其实是"情境"的设定,"女儿"会选择跟"爸爸"一起。

第二轮则要求进行角色交换,今老师来演"妈妈"。

同样的,各站各位。这次,"女儿"依然选择了"爸爸"。当看到"女儿"走到"爸爸"身边挽着"他"胳膊的时候,今老师心里突然一阵委屈和难受,"'女儿'为什么不来我身边,我对她付出那么多,我那么需要她,可她却不选择我,我不要一个人!"

这时,培训讲师在一旁嘀咕"你这么难受,不做点什么吗?"

是哦!今老师本能地上前就去拉"女儿"的手臂,想把"女儿"拉过来。本来平静的"爸爸"看到"妈妈"在拉"女儿",也很愤怒,伸手紧紧抓住"女儿"不放,那个眼神在宣告"'她'现在是属于我的,休想把她带走"。

这时场面变成了一个定格:"爸爸""妈妈"同时拉扯女儿,"妈妈"一只手拉着"女儿",另一只手的食指还"指着(指责)"爸爸。

就一小会儿,"女儿"被拉扯得很难受、很尴尬、无所适从,最后她同时甩开了"爸爸""妈妈"的手,不再站在两人中间,而是背对着他们自己站在一旁去了。

采访环节时,今老师说:"虽然是在'演'角色,但那情感太真实了,是在那个角色下自然而然就有了感受,人就会在那个情绪里。当'女儿'挣脱我们的手独自站在一旁时,我真的有点后悔去拉她,其实就让她跟'爸爸'一起也挺好的,至少不孤单,哈哈!"

那个情景,印象太深刻了。

而小天的家庭,不正是处在这样的情况下吗!

04

唉,对于家庭夫妻关系的问题,学校可以做什么呢?学校教育有调节家庭夫妻关系的功能吗?或者学校有这个能力吗?

第四章　家庭人际，一生的牵绊

人生或许要面对很多不可控的事情，而这一次小天要面对的就是父母的离异。他能做的首先是自己可选择的那一部分——做怎样的自己。对于"家庭"，可以安安静静地选择呆在其中一方，或者两方交替选择，或是双方都不愿选择，而最后一种其实是最纠结无奈的。

不过，毕竟小天是未成年人，学校可以试着与他的父母沟通，建议把因家庭变化对孩子可能产生的负面影响尽量减到最小。

是的，既然小天向学校老师求助，章老师和今老师决定一起试试。

ⓞ⑤

再有外界的相助，所有的艰难困境都需要当事人自己一分一秒地熬过，或许是那一节节认真学习的课堂，一页页奋笔疾书的作业，或是那一个个在床上辗转反侧的夜晚。总之，或许在今老师这里，没有消息就是好消息。

然而，大考即将来临之前，小天妈妈又向章老师求助。

原来近期需要使用手机的作业增多，但小天拿到手机后总是会刷短视频、聊天什么的，每天的作业越写越晚，有时甚至到凌晨还没有休息。妈妈希望他可以早点睡觉，但怎么说都没有效果，又不能不给手机。想着最后复习阶段了，让小天爸爸晚上过来监督一下，爸爸也乐意。没曾想爸爸过来后看到小天的这种情况比自己还急，简单粗暴处理，有时还会打骂，有几次小天半夜把自己关在房间里发脾气，哭闹，让爸爸不要过来，回自己家去。

小天妈妈看到这场景，就跟爸爸沟通不用他管了，没想到爸爸却不同意，一定要坚持到考试之后，觉得不能放纵孩子。

"这样下去不行啊，老师，要是孩子把自己锁在房间里做傻事怎么办，能不能帮帮我们。"

"唉，你跟他爸爸沟通没有用，那我们跟他沟通就会有效吗？"章老师表示疑惑。

"他会配合学校老师的,他听不进我说的话,老师的话一定会听的。"小天妈妈很肯定地表态。

章老师忽然感觉小天妈妈有一个最大的性格优势,就是会利用资源,自己一人搞不定的时候她会想办法求助,她并不认为向人求助或咨询心理老师是一件丢脸的事情。也难怪小天愿意主动找今老师聊天,看样子还是受到了妈妈的影响。

考虑到此次家长约谈的难度,于是就有了主管校领导覃校长主持的第二次家校会谈。谈话的结果如小天妈妈所料,爸爸态度转变,愿意配合学校,退出对孩子学习的监管,不再给他施加压力,只要他能顺顺利利地参加考试就好。

06

一次体育课,小天的右腿受伤了,要打石膏绷带。在医院里爸爸是跑上跑下的,还好爸爸过来帮忙了。出院了,这上学怎么弄啊?还好,小区有热心的同班同学,愿意上下学过来"接送"。可这冲凉呢日常生活呢,站都不能站的,男孩子大了一个妈妈总觉得不方便。

"还是叫你爸爸过来帮忙。"小天妈妈决定。

"算了,他现在有自己的孩子了,哪有时间每天过来。"小天说。

"你也是他儿子啊,试试吧。"妈妈有点坚持。

听到这,小天心里忽然感觉一丝温暖。爸爸、妈妈分开好一段时间了,从这次腿受伤他特别体会到了爸爸、妈妈给予他的关心和爱,而爸爸也有了自己的幸福。从小天来看,以他为连接的"一家人"都各自在自己的人生轨道上努力前行,就很好了。

其实,每个孩子都会想生活在一个正常的"父母和谐"的家庭里,"既然选择,温柔以待"。但总会有这样的家庭,夫妻之间互相不能忍受、吵了一辈子、相互嫌弃、诋毁了一辈子,最终没有离婚,解释原因说是"为了孩子"。

为了孩子,自己做出了一辈子的牺牲。可他们是否知道孩子在这样的家庭环境下成长会是怎样?!他每天看着父母无休止的争吵而又无能为力会是怎样一种感受？或者一不小心说错话、做错事就会"引火烧身"，自己成为被父母攻击的对象，"罪魁祸首"，"一无是处"。

小天就过过那样一段"胆战心惊"的日子，不过他撑过来了。他已经进入高中住宿了，接着上大学、再进入社会，他会有越来越强的能力来决定自己的事，成为一个自食其力的独立的人。而对于家庭，他也有了自己的想法："40岁以前不结婚，不要孩子。"

后记

小天中考完的那个暑期口碑不错的一部电视连续剧是《小欢喜》，这是小天妈妈追剧最完整的一部，她还把它推荐给了从不追剧的小天爸爸。这部剧讲了三个青春期孩子的成长及家庭故事，他们都是毕业生，只不过小天是中考，他们是高考。小天妈妈对这部剧的认同是场景和台词都非常真实，像是发生在自己家里的日常。剧中的女学霸乔英子就是生活在单亲家庭，父母离异后她也是一直跟妈妈生活在一起，她爸爸为了女儿偷偷住回了同一个小区，并背着妈妈与女儿常常见面，爸爸的地盘成了父女之间的秘密，也成了女儿的"避难所"。但可想而知，当她妈妈知道实情之后会有怎样的强烈反应！小天妈妈非常能够理解乔英子妈妈当时的感受，而作为一名观众，她也能够理解乔英子会背着妈妈经常与爸爸会面。从孩子的角度，她的内心还是非常期望来自爸爸、妈妈双方的支持和爱护，哪怕他们最终不能生活在同一个屋檐下，但至少希望他们可以友好相处，虽不能继续做亲人，但至少不是仇人。

心灵花园

家庭类型

家庭有不同的分类，按家庭的代际数量和亲属关系的特征分类是常见的家庭分类的方法，主要有以下几种家庭类型。（1）夫妻家庭。只有夫妻两人组成的家庭。包括夫妻自愿不育的丁克家庭、子女不在身边的空巢家庭以及尚未生育的夫妻家庭；（2）核心家庭。由父母和未婚子女组成的家庭；（3）主干家庭。有两代或者两代以上夫妻组成，每代最多不超过一对夫妻且中间无断代的家庭，如父母和已婚子女组成的家庭；（4）联合家庭。指家庭中有任何一代含有两对或两对以上夫妻的家庭，如父母和两对以上已婚子女组成的家庭或兄弟姐妹结婚后不分家的家庭；（5）其他形式的家庭。包括单亲家庭、隔代家庭、同居家庭、单身家庭等。

第四章　家庭人际，一生的牵绊

以爱之名

01

今老师电脑上微信的小标识在闪动，是耿老师发来的信息，班级一名女生小宜（化名）在美术课上被同桌发现划了自己的手腕，问能否现在来咨询室聊聊。这是属于紧急情况，当然是"刻不容缓"。

小宜，今老师有印象，之前还陪班级另一个学生一起来过咨询室，她俩的关系应该非常好，她就静静地坐在那里，不管听到了什么都没有表现出任何的异样，她就是个陪伴者。而这次，是因为什么划了自己的手腕呢？

小宜独自来到咨询室，她在沙发上坐下后有些紧张，全身蜷缩着，特别是两只手，攥着拳头贴在上腹处，一排刘海因为头有点低几乎遮掉了眼睛。

"小宜，我们是老朋友了，你还陪好朋友来找过我呢？"今老师想套近乎。

"感觉你今天有点紧张，全身绷得紧紧的，你可以试着放松一下自己，来"，今老师去拉小宜的手，想顺便"看"一眼手腕处的情况，因耿老师说她一直遮着不让别人看。

小宜转了一下身子，明显是不想让今老师接触到她。

"这里有抱枕，要不你抱抱试试，说不定会感觉好一点。"今老师再次尝试让小宜放松一下。

这次小宜没有拒绝，她用右手顺便拿起旁边的一个抱枕两手抱在了胸前，这时身体明显放松一些了。就在那一下,今老师瞄到了她的右手,没看到有什么印迹,那估计是在左手了。

02

"是耿老师建议你来的吧,你想跟老师聊聊什么呢?"看样子还是得直入主题,不然一节课40分钟下来啥都谈不了。

小宜没有吭声,使劲地压着抱枕,或许她在认为今老师是明知故问,如果耿老师没有告诉今老师发生了什么事情,她现在就不会坐在这里。

今老师似乎看出了她的心思,"耿老师说你在美术课上用小刀划自己啦,可不可以给老师看看?"

她的那个声音很柔,眼神很关切。

小宜下意识地用右手盖住了左手手背,没有说话。

"来,老师看看。"今老师"仗着"自己之前与作为陪伴者的小宜的连接和课堂上对小宜的了解,她又直接伸手去拉她的手,这次她没有那么抗拒。

拉到了小宜的手,今老师还是用了一点点的力,把两只小手翻了过来,左手手腕处有4道印痕映入眼帘,三道比较短浅,中间一道稍长有点发红,估计这一道是新划的。

"疼吗?"今老师轻声问。

小宜这回说话了,"嗯,我怕疼,下不了手"。

听到这,今老师松了一口气,放心了不少。

就着这几道印迹,今老师想多了解一些情况,但小宜处于多问少答或不答的状态,依稀只了解到最近她不开心的时候就会划手,用美工小刀或钉书机的小钉子,大部分是课间在厕所里,这次是在课堂上。

接触的被动让信息的收集受到影响,很快就要下课了,今老师建议小宜下次心情不好的时候是否可以首先考虑用其他方法让自己感觉好起来,比如小公仔、抱抱枕。

小宜这回露出了笑容，说自己喜欢撕纸。OK！《红楼梦》里晴雯还撕扇呢，这是个不错的方式，今老师送了一大包抽纸给她，希望这包抽纸可以为小宜发挥出它的价值。

这时的小宜放松了很多，出门之前今老师表示希望可以跟家长沟通，小宜马上拒绝了，特意交代："老师，这件事一定不要告诉我妈妈哈。"在今老师的目光中小宜左手蜷在胸前回班级上课了。

03

今老师下一步的计划是将小宜"自伤"的事情告知家长，但她这么一叮嘱，让事情变得有点为难。

小宜的自伤行为从目前来看虽然不是以自杀为目的，但还是对身体健康造成威胁，是属于保密例外的范畴，按理是要沟通的。但是小宜如此担心妈妈知道也让今老师有点担心沟通后的后果，毕竟目前自杀风险不高，是否可以先观察一下，如果自伤行为不再出现就先考虑小宜的请求，暂时不告知家长。因为之前有过类似的情况，家长知道孩子找了班主任或心理老师之后采取更加简单粗暴的方式，导致事情朝着更加严重的方向发展，如何沟通是否还是需要慎重？

"但是，如果不跟家长说还是存在一定安全风险，家长还是需要知道孩子的情况。"是的，不怕一万、只怕万一，在与耿老师商量之后，小宜妈妈第二天来到了咨询室。

她应是上班族的一员，穿着比较职业化，声音有点粗哑，但是音量很大，表情有点严肃。

这次谈话跟所有的家校会谈相似，家长和老师互换信息、交流情况，再进入重点议题。当听到耿老师说小宜有自伤行为时，小宜妈妈立即跟两位老师表态："小宜平时虽然喜欢看血腥暴力的书或动漫，但其实胆子很小，她是不会自杀的，她只是学习压力太大了会影响情绪，回去我会跟她好好沟通的。"

当今老师向小宜妈妈转达小宜的叮嘱"不要将这件事告诉妈妈"、并建议先密切观察不直接质问孩子时，小宜妈妈表示一定会配合学校的工作。

04

然而，没过多久，小宜再次来到咨询室。她首先告知上次妈妈回去之后就把她骂了一顿，责怪她惹事，以后不允许她去找学校老师说家里的这些事。她说话声音小小的，眼里似乎带着泪光，而这次谈话，才让今老师感到可能切入到了问题的核心。

其实最让她痛苦的不是妈妈说的学习压力大，而是妈妈和外婆的关系不好，她们经常吵架，都是为了很小的事情，一吵起来就会相互大声吼叫、摔东西，如果是因为自己的原因两人就都会责骂她。今天中午就是因为她吃不下饭，吃得比平时慢，被妈妈数落。外婆又认为妈妈其实是在怪自己菜做得不好小宜才不想吃，是在"指桑骂槐"，两人吵了起来，还摔了碗筷。最后自己成了冲突的起因，就是因为第四节体育课跑步太累了没有胃口，就引发了她们之间的争执。妈妈和外婆似乎总是处于一种"剑拔弩张"的状态，她在这个家里任何事都得小心翼翼，不然不是妈妈不高兴就是外婆生气，而且有时候只要她显示出偏向任何一方，另一方就会骂她骂得更厉害，甚至说要带她一起去死，她心里真的很害怕。

小宜有些啜泣着，手里的纸巾不停地擦着眼睛，并在手里揉搓成一团，纸巾的碎屑也掉了一地。

今老师看着小宜的左手，之前手腕上的印迹几乎只剩下一点色素的沉淀，而新划的几道很显眼，红红的，手腕上方的前臂还有几道划痕，渗血处可见稍黑的结痂。可以推测，这几天她又开始划自己了。

用这样的方式，来发泄情绪，是强烈地表达对自己或他人的不满，还是在反抗或"威胁"，你们再这样我就死给你们看？小宜说不清楚，只是觉得难受，控制不住想划自己。最开始是知道、看到好朋友划，第一次划自己是因为好奇，想试试这种方法是不是会让自己感觉好一点，划过第一次之后难受的时候就想划，虽然有点疼，但很解气。

从划的部位和深浅来看，虽然没有今老师之前见过的那么触目惊心，但青春期孩子的行为具有冲动性和不可预测性，小宜的情绪状态还是很让人担心，而这个情绪，直接来源于家庭的人际关系。

今老师想到了印象深刻的两则新闻：一个是某市的一座立交桥上，从停着的一辆轿车上冲下来一个大男孩，冲到栏杆处直接跳了下去，妈妈跟着下车拦都没有来得及拦到；一个是某地某学校教室外的走道上，一个妈妈连扇个头比她高大的儿子几个耳光，还掐了他的脖子，他等妈妈下楼了往下看了一眼直接跳了下去……这都是现实生活中惨痛的案例，两个案例都是发生在妈妈和儿子之间，不记得是哪位专家说过，"家里最可怕的动物是妈妈"，有研究者指出其实妈妈对女儿的成长影响会更大。

"那爸爸呢？"今老师问。

"爸爸上班很远，只有周末回家。外婆和爸爸的关系也不好，经常骂他，爸爸身体还不好，他挺可怜的。"看来小宜跟爸爸感情还不错，只是估计这个家庭的"权力系统"已经失衡了吧。

05

孩子的问题真的不只是孩子自身的问题，一旦孩子面对的是家庭成员的关系问题，她的力量真的是很弱小，她只能被卷入其中，有可能成为家庭问题的"替罪羊"。

今老师联系小宜妈妈，希望可以再次谈谈，她和小宜爸爸一起来，而再次来到咨询室的依然只有小宜妈妈。

似乎是做好了准备，这一次她没有避讳谈自己、谈自己的家庭。

"在一个人小的时候，如果父母成功地让孩子讨厌他自己，等父母老了以后也不要指望孩子会爱他们，再想要孩子与他们亲近，只能是痴心妄想。"小宜妈妈说。

在她童年的时候，她非常渴望与妈妈亲近，可以依偎着妈妈的肩膀说说心里

感受即真实
——青春期成长故事

话，可以手挽着妈妈的胳膊一起逛逛街，但她现在，已经不需要了，因为只要想到妈妈这个词，脑海里浮现的就是她对她瞪着眼睛的吼叫和拳打脚踢的身影，似乎妈妈和她的肢体接触只有打骂。

听着小宜妈妈的回忆，今老师好像在观看黑白电影似的脑海里闪现出那些场景：因为觉得作业没写好撕了几页作业本被妈妈辱骂扇耳光；因为冲凉动作稍慢被妈妈强行闯入洗手间拳脚相加；因为制止妈妈辱骂其他家人被她一脚狠狠地踢到肚子上……那张板着的脸孔，那个挑剔的眼神，时时刻刻都在盯着她，不知道什么时候就会突然发飙，从小到大，都没有变过，想起来都让人感到不安与恐怖。

今老师的心都揪紧了，这一幕幕在小宜妈妈的大脑里反复回放，哪怕已到中年了，依然摆脱不了脑海里的黑白影像，随时随地都有可能冒出来提醒她，她是多么弱小，她是多么糟糕，她不能反抗，她也没有力量反抗。

而小宜外婆说得最多的话是，她觉得自己对小宜妈妈已经尽心尽力了，特别是小宜爸爸在外工作的那个阶段，她一人又要上班又要带孩子，那段时间她是有怨气，但她供她吃饱穿暖，并没有亏待她呀？不管怎样，她都是她的妈妈，只要有她一天在，她绝对不允许这个家里有人跟她"唱反调"，所有的事情都得顺着她的意来，包括孙女小宜的吃饭、睡觉、穿衣、教育……她当了一辈子的小学老师，难道连这些都不懂吗？

或许，她在家里戴的"角色帽子"就是老师，而不是一个妈妈，但老师在学校里对待学生也不至如此呀！难道是对自己孩子尤其严苛？

小宜妈妈最觉得委屈的是，在外人的眼里小宜外婆似乎是一个慈爱可亲、热心活泼的人，可在家里就是另外一个模样，特别是对自己，可以说是"肆无忌惮地凌虐"。

听到这里，今老师很难想象这是怎样一个母亲形象，这又是怎样一段母女关系，不到万不得已作为子女肯定不会愿意这样去说自己的母亲！"质疑母爱"在中国传统文化中是"大逆不道"的事情，她的内心一定很痛苦，道德意识告诉她要孝顺长辈，现实生活又告诉她需要保护好自己。

"现在我自己已经成年也为人妻为人母了，我已经独立了，不能这样'委曲求全'下去，不能让她再以爱的名义来伤害我，哪怕目前没有条件和她分开住，我也要学会建立起自己的边界，至少她不能再像以前那样可以随意把我当成她情绪发泄的工具。"小宜妈妈已经有了自己的选择和决定，而且她也在采取行动。

06

不过，小宜妈妈也深刻地感受到，她也会忍不住用这种方式对待小宜，有时候会不自觉的把一些怨气化作嘴里的"刀"指向小宜。她不能容忍她犯错，犯错就会骂她"蠢笨没用"；她不允许她有自己的想法，所有事情都要按照她安排的方式去做，否则就会情绪失控；她不开心的时候也不能看到她开心，一定会找个理由泼她冷水打击她，直到她完全蔫下来抬不起头……

原生家庭控制型或指责型妈妈对孩子内心的摧残在于，摧毁了她对自我的积极认知，她会一直在"我不好""我不行""我不配""没有人爱我"的深渊中无法自拔。她时常空虚，精神没有寄托，她的内心世界充满了否定，而那个总是冒出来怀疑和否定她的人，不仅仅是过去和现在的妈妈，还有她自己，是她受伤的内在小孩在哭泣。而可悲的是，这种情感和相处模式可能会代代相传。

美国注册婚姻和家庭治疗学家卡瑞尔·麦克布莱德在《母爱的羁绊》一书里不也描述了这一类妈妈吗？书里写是一类自恋型妈妈，她们整天只关注自己的感受，缺乏同情心，总想控制女儿按照她的方式去生活。按书里所说，这类妈妈对儿子的影响并不大，主要是对女儿的一生都可能造成影响。

"有可能跟妈妈一起去找心理医生做家庭治疗吗？"今老师试探着问。

小宜妈妈不假思索地摇摇头，"她肯定不会去的，我们也不可能在外人在场的情况下坐下来谈这个敏感或禁忌的话题。其实每次跟她对视的那一刹那，我的心里都会冒出一个念头，自己一定不要活那么老，内心真的很复杂，或许我自己也没有准备好"。

是的，这样撕开伤疤去面对心底的问题是需要很大勇气的，小宜妈妈此次到访或许最大的意义就在于她已经意识到了她与上一代之间的关系和互动已经严重影响了她的下一代的身心健康，这应是她目前需要重点关注和调整的。

一天晚上，小宜妈妈做了一个梦，小宜外婆因为找不到纸巾而大声地抱怨骂人，她没有生气回怼，而是牵着小宜外婆的手，那双皮皱皱的已经苍老而变小的手，把她带到自己的房间，窗台上就放着未开封的纸巾。她轻声告诉她，"我知道你总是发脾气是希望我们跟你亲近，对你好一点，但你可以不用这种方式。你可以问'家里还有纸巾吗'，这样我们就会告诉你纸巾在哪里"。这个梦是那么的清晰，或许这就是每一个孩子不管长到多大潜意识里都有的愿望吧。

后记

班主任耿老师告知今老师，小宜妈妈近期主动跟她沟通过一次，目前她自己在接受定期的心理咨询，决定先梳理好自己的问题，而对于小宜，不再不允许她向学校老师求助了。其实她自己中学时代也自残过，甚至想到过死，有一段时间她在家里甚至一句话都不想说，后来无意中看到一本书才知道那叫选择性缄默。她感叹小宜比自己勇敢，遇到解决不了的问题知道利用资源、寻求帮助，这是一个很好的性格品质，有问题不敢去正视其实才是最大的问题。

心灵花园

非自杀性自伤（NSSI）

非自杀性自伤行为（NSSI）是指个体在无自杀意念的情况下采取一系列反复、故意、直接伤害自己身体、且不被社会所允许的行为。该行为多见于青少年人群，且常首发于青少年的早期阶段，发生率各国调查数据不同，约为8%—25%。仅有小部分青少年反复出现NSSI，是自杀的高发人群。

NSSI分为5类：割伤或烧伤，自我毒害，故意的非娱乐性冒险，自我殴打，以及其他自伤行为（如自我溺水、上吊、故意触电和窒息）。自伤行为的常见动机有：调节负性情绪或对抗自杀冲动，寻求刺激，外在的人际影响如通过自伤行为控制某种情境或他人,自我惩罚或摧毁,其中第三类动机所占比例约40%以上。

  NSSI常见于精神疾病患者,其中最常见的是情绪障碍。美国一项研究显示,50%的NSSI青少年患有抑郁症,超过25%的NSSI青少年患有广泛性焦虑症。自伤行为还与创伤后应激障碍和进食障碍等有一定的相关性。

感受即真实
——青春期成长故事

都是手机惹的祸

01

近期关于儿童青少年玩手机游戏的负面新闻特别多，孩子沉溺、家长反对，最后那些孩子不是伤害自己就是伤害家人。每每看到这样的新闻小阳（化名）妈妈都感觉特别难受，质疑国家为什么不下强制性措施禁止开发各种游戏来"毒害"儿童青少年，因为近来她也在为小阳玩手机的事发愁。

其实小阳从小还算是一个比较省心的孩子，小学学习成绩优异，爱好运动，虽然那时也吵着要玩手机，说班上很多同学都有玩，但基本可以听取爸妈的安排——只有周末玩，可进入中学之后小阳妈妈感觉有点失控了。

原因是小阳说他有几个好朋友的父母都不管孩子的手机，平时都是他们自己保管，所以提出：第一，每天写完作业后要玩手机；第二，周末要增加玩手机的时间。

小阳的父母听了肯定反对呀，平时每天都玩手机，学习成绩肯定会受到影响，况且手机成瘾了怎么办？

小阳妈妈之前听过学校组织的家长培训，有个专家讲的就是关于手机"游戏成瘾"的主题，说一旦成瘾了跟"吸毒"差不多，特别难搞定，有的甚至还要送去专门的地方"戒除网瘾"。

不行，不能让小阳发展到那个地步！

小阳的父母自然是否定了儿子的要求，小阳很不高兴地起身走进自己的房间，用力地关上了门。

02

不过接下来的日子小阳就跟爸妈玩起了猫捉老鼠的游戏，小阳也学起柯南当起了"侦探"。

只要父母没有在家小阳绝对是满屋子地找手机，而且"侦探"能力特别强，不管父母把手机藏在哪里他基本都能找到。因为每天晚上的学习需要用手机完成一项作业，他每次就靠耳朵来听妈妈是从哪里把手机拿出来的。比如拿手机需要花多长的时间，还有发出的声音，在衣柜里就会有"嘎吱"开衣柜门的声音，在小杂物房里就会有推门的声音……在小阳看来，家里就这点好，所有的抽屉和房门都没有上锁，本是父母防止他反锁房门的，现在对他来说在全家"翻箱倒柜"都不是问题。而且那个刺激，很有成就感！

渐渐地，小阳形成了一个习惯，每天下午放学父母还没有下班，他就会先玩一会儿手机，玩玩游戏、刷刷短视频，等父母快回家了赶紧把手机藏回去再写作业；周末更爽，爸爸一般周末要上班，只要妈妈半天不在家就玩半天，一天不在家就可以玩一天。当然，小阳还没有试过玩一天的，因为父母也没有那么"傻"，如果回来看到自己的功课一点都没有动静就肯定"穿帮"了。

不过某一天终于还是爆发了。

一个周末，妈妈上午外出有事，按照平时至少要到在中午才能回家，这次提前回来了。小阳妈妈好不容易逮到一个可以提前回家监督小阳是否认真学习的机会，她蹑手蹑脚地打开了门，轻轻脱掉鞋子，光着脚直接"冲"向小阳的房间。

小阳"××'农药'"的正玩得起劲，一边玩似乎一边还在骂骂咧咧，等他听到动静反应过来时妈妈已经到了房门口，被逮了个正着。

一看到这场景，小阳妈妈气不打一处来，难怪小阳最近好几次考试都考得不好，班主任钱老师都联系过自己好多次了，说孩子近期学习状态不是很好，希望家长引起重视、找找原因，原来如此。

感受即真实
——青春期成长故事

03

"拿过来。"妈妈冷冷地说。

小阳的手里还没停,两只手把着手机,机械地、快速地、有节奏地点来点去,眼里满是焦急。

"等一会会儿,打完这一盘。"小阳急着说,"就这一盘。"

"不行,你都打了快一个上午了,不行!"妈妈坚持。

"就十分钟,可以吗?"小阳眼睛都不抬地边打边说。

如果是平时周末,小阳说十分钟妈妈也会默许,不会计较,但这次,绝对不可以,因为她实在太生气了。

看小阳依然没有要交还的意思,小阳妈妈突然上前就去抢手机,这时新闻报道里的那一幕在自家发生了:一个妈妈去抢青春期儿子手里的手机,儿子不愿意而躲闪,妈妈不顾一切一定要把手机抢过来,两个人开始扭打,手机重重地摔到地上,儿子狠力地推开妈妈,妈妈没站稳往后倒,退到了墙上,还好被墙挡住了没有摔倒。

小阳妈妈心里难受,她捡起手机赶紧起身离开了小阳的房间。她毕竟还是参加过一些家庭教育学习的家长,知道这时候如果再恋战对自己没有什么好处,手机拿到了就收场吧。

还好小阳没有再跟上来要手机,而是坐在那一动不动,生着气,他是在说"我就是不玩游戏也不会学习的"。

晚上小阳爸下班回家,小阳妈开始诉苦,儿子就是个"白眼狼",居然为了手机、一个身外之物推搡自己,太让人伤心绝望了,除非小阳主动跟自己道歉,不然再也不管他了。

小阳妈妈期待的道歉始终没有来,母子之间开始了冷战,妈妈不理小阳,小阳也不理妈妈,但还有一条,小阳基本上找不到手机藏在哪里了。他猜可能是爸爸拿到单位上去了,下班再带回家,他不知道妈妈已经开发了几个很隐秘的收藏

132

地,"米桶、鞋盒、杂乱的购物袋",不会再是被子里、枕头下、衣柜里了。

妈妈说是再也不管小阳了,但难免事事看他更不顺眼,吃个饭数落、冲个凉数落、睡个觉也数落,有时在家里走个路都要念叨,小阳烦起来就会顶嘴,闹得家里"鸡飞狗跳"。

04

一天,钱老师找小阳"随机访谈",询问了他近期家里的情况,特别是了解了一下他手机的使用情况。小阳心里明白了,一定是妈妈把自己偷玩手机的事情告诉班主任了。

回家之后小阳找妈妈质问,妈妈承认了,并表示自己还去找了今老师,因为这样的日子令她太难受了,她想问问老师们有什么好办法,还希望他也可以主动去找今老师谈谈。

小阳听了更生气,难怪在心理课上听到今老师突然就讲到"有的学生玩手机成瘾、家庭关系闹得不和"的事情,不会就是说的自己吧。

"我去!就知道丢我的脸。"小阳实在是忍不住骂了脏话。这是他在玩游戏的时候经常骂的,在家里有时候被父母惹急了心里也会嘀咕,可这次却脱口而出!

本来就是嘛,为什么要去告诉老师?不给自己留点面子?!

看到妈妈那张愤怒的脸,他想她肯定会过来揍他,没想到妈妈的嘴张了一下,憋出几个字:"你太无礼了!我会保持与老师的联系的。"

难道妈妈去找心理老师起作用啦?她这时不应该是暴跳如雷吗,小阳还感到有点不适应呢!

就这样,时间过去一个多月,在与妈妈的"冷战"中小阳发现其实这样还挺好的,妈妈不想理他意味着不会再事事盯着他,虽然有时候在家迎面遇上那双"白眼"很不好看,但他也乐得自在,不用再成天跟她"争来斗去"了。

而且,主要是他有了一个秘密,他跟两个好朋友一起去买了手机,都是用压岁钱买的。那两个同学跟他一样,"同病相怜",家人管手机管得太严啦!

感受即真实
——青春期成长故事

小阳有了"自己的"手机，跟父母要手机的欲望降低了，妈妈看到小阳不再因手机的问题整天来纠缠，对他的态度也有了变化，冷战算告一段落，但总感觉心里的那个"疙瘩"依然没有消除。

手机果然是破坏亲子关系的最大"杀手"！

05

小阳虽然背着父母买了手机，但在学校没有玩——不敢，怕被老师发现没收；也不会通宵玩——他认为充足的睡眠对长高还是很重要的；不会花太多钱买装备——没钱，也舍不得；该学习时也学习、该写作业也写作业。小阳自认为自己还算好，不像他所了解的或老师们所说的，有的学生通宵达旦玩手机游戏、刷抖音，沉迷其中，完全不学习，有的甚至上大学了还会因为成天玩手机考试挂科被劝退的，自己应该还不算手机成瘾吧。

就这样，家里似乎又恢复了一个平衡。平日里小阳偷偷用手机也就是每天上线签到小玩一盘，还有就是刷刷搞笑的短视频，到周末就会好好玩几把游戏，日子似乎平静了很多。

小阳心里暗自觉得好笑，爸妈是有多迟钝啊，自己买了一个手机他们居然一点都没有发觉，还是他们可能已经发现了，只是装作不知道呢？可按爸妈的脾性，第二种情况的可能性应该很小。

担心的事情总会发生。小阳自己买手机的事情最终还是被阿姨悄悄"告发"了。阿姨实在是不忍看到大考临近了，小阳回家还是先拿手机出来玩，这样太影响学习了。结果父母趁小阳不在家时翻找了他的房间，总算把那个手机给翻了出来。

06

小阳怎么也想不到爸爸、妈妈居然会私自翻他的东西，太不尊重别人的隐私啦！"还给我。"小阳叫。

"还有一段时间就考试了,考完后就还给你。"

"不行,现在还,必须现在。"那口气、那眼神,让小阳妈妈感觉有点害怕,担心他又会做出什么失去理智的事情来。记得是谁说过的,"青春期的孩子已经有了伤害父母的能力",好像是钱老师还是今老师说的。

"等你考完,会还给你的。"小阳妈妈重复着爸爸刚才说的话。

"这是我自己的手机,你们没有资格没收。"小阳坚定地说。

"怎么是你的手机,还不是用爸爸妈妈给你的钱买的。"爸爸决定不让步。

"反正就是我自己买的,还给我。"说完,小阳突然去拿茶几上爸爸的手机,还好爸爸动作快,飞快地把自己的手机也揣在手里。

"不要挑衅青春期孩子的'斗志'。"想起之前因手机问题跟小阳发生过的冲突,妈妈很怕事情发展到不可收拾的地步,赶紧说:"这样,我还是请教一下钱老师和今老师,看这样的情况要如何处理吧。"

听到这话,小阳嘴里嘟囔着什么冲进了洗手间,突然他用力地把洗手间的门一甩,这么有力的大男生,门下方的玻璃给撞破了,掉了一地。

想起今天刚看到的一则新闻,一初中生因玩游戏遭家人阻拦,隔三岔五地对父母使用暴力,甚至用刀划破了脸,最后放火烧了外公外婆的房子,小阳妈妈不禁一阵寒战。

07

第二天,小阳就不去学校上学了,他讲的条件是必须把手机还给他才去上学。

钱老师和今老师知道了此事,都建议父母跟小阳好好沟通和协商,双方是否都能退一步,达成一致,不然都到临近考试的关键时刻了,这样僵持下去最后只能两败俱伤。

而小阳的父母认为家长绝对不能妥协,小阳需要先返校上学,即使去学校了也不能将手机完全交由他自己保管,需要在父母的帮助下控制使用。由此而意见达不成一致,亲子双方就一直僵持着。

其实，按钱老师想法，那手机就还给小阳得了。既然他自己已经拿了那么长时间了，还是要充分相信他，不还给他最终也没有达到父母想要的目的啊，亲子关系还弄得很僵。

但作为监护人，才有最终的发言权吧。

那段时间这个家庭不知是如何走过来的。小阳每天在家里呆着不去上学，老师、同学过来小阳一概都不愿意见。父母则眼不见心不烦，白天该上班上班、该办事办事，尽量不呆在家里，晚上爸爸会试着跟儿子聊聊，希望他能想明白。而双方在手机问题上还是互不让步，但父母有一点做到了，听取了今老师的建议，不管什么情况下都控制好自己的情绪，避免发生亲子冲突，因为亲子关系的修复和重建是建立良好沟通和协商的基础。

唉，钱老师和今老师就只能眼睁睁地看着小阳在考试前的关键阶段因手机问题选择了不去上学，因为他心里知道这个是让自己父母最难受的方式。不过庆幸的是，他最后还是没有放弃考试。

考试结束之后，小阳妈妈看到一则新闻，说一高中孩子迷恋网游，为了避免亲子冲突，当爹的被当妈的和儿子"赶出家门"避风头，自己之前又何尝不是如此，怕控制不住自己的情绪尽量不归家，想起来都有点心酸。

与小阳僵持的那段时间，小阳妈妈看了一本书，李雪的《当我遇见一个人》。书里这么说：延迟满足能力是父母经常及时回应和满足孩子，使孩子深信自己的需要会被满足，自然能安心等待最适合的时机。按这个意思，父母不要刻意去延迟满足孩子的需求，否则孩子很多时候都处在"得不到"的恐惧中，所以眼下只要有机会就会迫不及待地要去兑现。对于手机问题也是这样的吗？真的如有的家长所说"就让孩子几天几夜玩个饱就不会再想玩了"，又如有的孩子所说"玩腻了就不玩了"。真是这样吗？

或许，小阳真的只是在用赌气的方式告诉父母他就是要自己说了算，正如一个同年级女生妈妈所说："手机给她了，她反而不跟你较劲了。"不知道多年以后，小阳再回想起自己的这一段人生经历，会有怎样的感触呢？

后记

最近,央媒经济参考报发表文章《网络对未成年人影响触目惊心 "精神鸦片"竟长成数千亿产业》,文中将网游比作新型毒品,其中点名提到某公司旗下的手游"××荣耀",在参与调查的学生中经常玩的高达47.59%。探讨及实行"12岁以下小学生全面禁游"将是一项有意义的举措。

2021年8月30日,国家新闻出版署下发《关于进一步严格管理切实防止未成年人沉迷网络游戏的通知》,针对未成年人过度使用甚至沉迷网络游戏问题,进一步严格管理措施,所有网络游戏企业仅可在周五、周六、周日和法定节假日每日20时至21时向未成年人提供1小时服务,坚决防止未成年人沉迷网络游戏,切实保护未成年人身心健康。

心灵花园

游戏成瘾

有数据显示,我国手游月活用户数超5.48亿,13.2%未成年手机游戏用户在工作日手机游戏时间日均超过2小时。"游戏成瘾"是2017年底世界卫生组织(WHO)宣布设立的一种疾病,归类为精神疾病。在2018年新更新的《国际疾病分类》中,专门为"游戏成瘾"设立条目,并明确9项诊断标准,以帮助精神科医生确定被试是否对游戏产生依赖。2018年6月18日,世界卫生组织发布新版《国际疾病分类》,"游戏障碍",即通常所说的游戏成瘾,被列为疾病。2019年5月25日,世界卫生组织正式将"游戏成瘾(Gaming Disorder)"列为一种疾病。

感受即真实
——青春期成长故事

家庭里的孤独者

01

小茜（化名）妈妈在班主任的推荐下来找今老师咨询，她这段时间特别焦虑，因为小茜的学习成绩下降，还总是与自己对着干。

"我这个女儿啊，特别拧，不像大女儿那么体贴懂事。感觉她没有什么情感，像个冷血动物，很小的时候就喜欢欺负弟弟，你骂她打她都不起作用。现在到了初中，成天在家里惹是生非，不知道我怎么生了这么一个人！"

小茜妈妈不急不慢地说着，似乎压抑了好久。

"说真的，这孩子从小就没让人省心过，小时候特别难带，还经常生病，上幼儿园前就把我折腾得不行。弟弟出生之后就经常给我惹事，一次趁大人不在旁边非得把弟弟抱起来，结果给摔到地上，那次我是狠狠地打了她一顿，幸好弟弟没有什么大碍，不然爸爸也不会放过她。"

今老师听小茜妈妈说着，感觉她讲的似乎不是自己的孩子。

"现在这孩子怎么弄，学习成绩越来越不好，只要跟弟弟一起就不太平，中午两人回家都经常能吵起来。"

"弟弟多大了？"今老师问。

"8岁，比小茜小4岁，做个姐姐也不知道让着弟弟。"

"弟弟也上小学啦？"答案应是明摆着的，还是要确认一下。

"是的，小学二年级，正是需要陪伴的时候。"

三个孩子！对于这种多孩家庭，今老师有点感慨：父母还是很幸运的，在能生的时候生了，不似有的独生子女家庭，现在国家突然一下子放开二胎、三胎政策，有的想生都生不了了。

"那小茜跟姐姐的关系怎样呀？"今老师问。

"姐姐比她大很多，她很小的时候姐姐就读高中住宿了，之后读大学，去年大学毕业参加工作了。"小茜妈妈回答。

"哦，妹妹、弟弟跟姐姐的年龄相差还挺大啊！"今老师随口接应。

"是的，姐姐一直都不用操心，她现在也住在一起，家里的事经常还可以帮帮手。"小茜妈妈补充道。

"现在就是小茜，太难搞了，今天中午吃饭就是和弟弟抢一个菜吃，小茜把整盘菜往弟弟身上倒，越来越过分了，我管不了她了，爸爸在家她可不敢这样。"小茜妈妈一脸愤怒和茫然。

不知中午小茜妈妈是如何收场的，遇到这样的事，估计换上任何一个做妈妈的都会生气吧。

02

听到小茜妈妈说的这些，今老师想到了多孩家庭里的"手足竞争"，或许是因为弟弟的出生妈妈把更多时间和耐心给了弟弟，或许是妈妈对她这个姐姐有更多的期待，希望她能够懂事一点、少制造一些麻烦，而那时的她也很小，她一直在"扰乱"，也是想得到妈妈更多的关爱吧。

这个原因小茜的妈妈应该也能体会得到，小茜到底是想要什么。

"有一本书《正面管教》，是美国心理学家简·尼尔森写的，她有提到孩子不当行为背后的错误目的，比如过度寻求关注、表示反抗或报复行为，你可以分析一下小茜的行为是属于哪一种？"

今老师经常给家长介绍正面管教的理念和方法，对于小茜的行为用这个分析还挺适合。

"应该都有，感觉现在更多的是报复行为吧。"

"其实这几种行为的目的都是为了获得在家庭里的归属感和价值感，只是孩子采取了不恰当的行为方式。"

今老师建议小茜妈妈可以去读一下这本书，家长先做一些调整，很多家长都可以从中受益。

咨询结束后，今老师找机会了解了一下小茜在学校里的表现，就班主任所说，很正常，没什么"异样"，近期学习成绩下降也不是很明显，学生进入中学成绩有些波动起伏是很正常的。

"嗯，那就暂时先观察着吧。"今老师回复。

03

结果没多久，小茜和妈妈同时坐到了咨询室。

起因还是跟弟弟之间的矛盾。弟弟没有经过小茜的允许拿了她的文具，结果给弄坏了。小茜很生气，动手打了弟弟一个小耳光，下手有点重。弟弟斗不过，一直哭。刚好大姐姐下班回家，看到弟弟脸上的红印子，问了一下怎么回事，走过去就扯着小茜的头发让她给弟弟道歉，还让弟弟还她一个耳光。小茜哪能"屈服"，挣扎着要跟大姐姐闹，这时妈妈回家了才扯开了姐妹俩。小茜肯定吃亏，嚷嚷着要"杀了"大姐姐和弟弟。

"为何家会伤人？"这也是武志红所著的一本书的书名，今老师想，那是因为家庭成员关系和互动方式会伤人吧。

小茜看上去跟妈妈长得挺像的，但她不愿意跟妈妈挨着坐。昨天家里发生的事情在她的记忆里只留下了很小的痕迹，可能是因为习以为常了。

她当着妈妈的面直接告诉今老师，其实那个文具并不是那么重要，而是弟弟经常会没有经过她的允许就"乱动"她的东西，只要她表示不愿意地叫"弟弟又拿我东西啦"，就会有人出来维护他，要她让着弟弟，她会觉得很恼火。而这次，弟弟还把她的东西弄坏了，她要解气。

"你要杀了大姐姐和弟弟？"今老师故意表现很惊讶。

"当时是很生气说的，现在没那么气了。"她说起来很轻巧。

"那他是你弟弟呀，你是姐姐应该让着他呀！"小茜妈妈说。

"但小茜似乎不愿意，面对日常生活中太多这样类似的事情，会不会还有其他的解决办法？"今老师反问。

"在我们家是说一是一，说二是二，必须用最快速度解决问题，因为我们没有时间天天为这些鸡毛蒜皮的事情浪费太多时间。"小茜妈妈强调。

"所以，每次遇到他们姐弟闹矛盾都是大人出面来解决？"今老师确认一下。

"是的，根据情况，谁错惩罚谁，两个人有错一起惩罚。"

可能在小茜的认知里，被惩罚的只有她一个人吧。因为当小茜妈妈坚定地说出这些话时，今老师看到小茜朝妈妈白了一眼，妈妈接下来说的话她用表情明确表示"不想听"。

"不好意思，小茜妈妈，要打断一下你，你在表达自己的想法时可以看看小茜，因为你在说自己的，并未观察到孩子还想不想听。"

小茜妈妈停下来看了一眼孩子，发现气氛很不对。

"小茜，能否告诉妈妈，在你和弟弟闹矛盾时你希望妈妈怎么做？"今老师把话语权交给了小茜。

"嗯，我希望妈妈不要总是还没弄明白是怎么回事就骂我，不要再骂我畜生，弟弟也会跟着学。"小茜看了一眼妈妈，低声说。

那一刻，今老师感觉到语塞。

04

很难想象一个妈妈能对女儿说出多难听的羞辱的话，至少这个在今老师看来已经算比较难听的了。

从入咨询室后一直都是小茜妈妈说得多，小茜想辩解时，她会说"你别插嘴""你等会再说""你先听我说完"，而此时，她也停住了嘴，是尴尬，是难

感受即真实
——青春期成长故事

堪，还是触动？

"还有吗？"今老师继续问。

小茜又看了一眼妈妈的脸色，翻了翻眼睛。

"说吧，有什么想法都说出来。"这次有两个鼓励的声音。

"没有啦。"小茜说完瞟了一眼妈妈。

是没有啦还是不愿意再说了，只有小茜自己知道，但是至少今天，估计她不会说什么了。

小茜妈妈这时提出想跟今老师单独聊聊，让小茜先回班级去上课。走之前，今老师送了一张小卡片给小茜，上面有自己的联系方式。

小茜走后，妈妈绷着的弦松了。是的，母女在一起时看上去是很紧张的，没有任何肢体的接触与触碰，也少有目光的交流，但似乎都在暗自观察对方的反应，想着随时"接招"应对。

为什么要支开小茜，当妈妈说到自己人生最艰难的那段时日时，今老师可以理解了。

原来她现任丈夫是再婚，儿子是与现任丈夫的孩子，两个女儿是前夫的。大女儿出生后他们度过了一段平静的日子，一直到大女儿快小学毕业了，他们还想再要一个，就是小茜。谁曾想小茜出生不久因一次意外爸爸走了，自己当时的精神状态非常不好，大女儿觉得是因为妹妹的到来爸爸才走了，很怨恨，其实自己的内心也控制不住这个想法，看到小女儿就会感觉莫名的情绪烦躁，总是想发脾气发泄。到后来再婚，又有了"家"的支撑，加上儿子的出生，才缓过来一点。在三个孩子中，自己对小茜的态度确实是最不好的，但虽然经常骂她、不愿意看到她，又希望她能听话一点，多让着弟弟一点，那么继父也会对她好一点，也不会因此跟自己有矛盾。

今老师给小茜妈妈递上了纸巾，太不容易了，也难怪第一次会面小茜妈妈没有谈及这些信息，一家人都很不容易。

05

经过两次接触，这个家庭的情况"抽丝剥茧"地展现出来，一幅家庭"雕塑图"似乎呈现在今老师眼前。

既然是为孩子而来，就站在小茜的视角来看。在小茜的前方，妈妈站在正中间，左前方是生父，右前方是继父。生父离她很远很远，背对着他，看不清楚，她想够却永远也够不着。妈妈是她心里最大的支柱，妈妈面向他们站着，可妈妈的眼睛一直看着站在她右边的弟弟，那眼神，充满了温暖和爱，这也是她最想要的。她向妈妈呼喊"妈妈，我在这里，小茜在这里"，但妈妈似乎看不到、也听不到，她继续叫着，等妈妈转向她，她看到的妈妈似乎已不是妈妈，她在对着她吼叫，指责她、嫌弃她、羞辱她，对她永远都是不满意，让她感到很绝望。右前方的继父双手交叉在胸前，冷冷地看着一切，他什么都看得很清楚，但他只是个旁观者。而一旦她接近弟弟的时候，他的手里好像变出了一条"鞭子"挥舞着，随时可能抽向她。

对，她还有大姐姐，并排站在她左边的大姐姐，本应也是她最亲近的人，因为她们来自同一个父亲。可大姐姐没有去牵她伸出去的左手，而是把自己的手伸向了妈妈和弟弟。大姐姐的眼里带着不满和厌恶，似乎在对她说"你真的很讨厌！你就不应该出现，就是因为你，爸爸才离开了我们"。再就是右边的弟弟，家里唯一一个比她"弱小"的人，似乎从来也不把她这个小姐姐放在眼里，从小就喜欢告状，甚至故意让爸妈来骂她，他还在一旁"幸灾乐祸"，现在又有大姐姐撑腰，更加变本加厉了。

在这个家里她算什么，她既不在继父、妈妈、弟弟的"圈子"里，也不在妈妈、姐姐、弟弟的"圈子"里，在这个家里她就是一个"多余"的人。她感到自己很孤独、很卑微、很委屈也很无能，她想讨好他们，但他们不理会，他们个个都用手指指着她，没有人喜欢她，也没有人需要她，于是她也伸出手指向他们所有人。

感受即真实
——青春期成长故事

她恨，为什么要把她生下来，害得爸爸离开。她恨，为什么妈妈看她那么不顺眼，让她感觉自己很糟糕。她同样恨妈妈为什么要再生个弟弟，这个妈妈已不是自己的妈妈，变成了别人的妈妈。对，就是因为弟弟，弟弟是家里最可恨的那个人。只有让弟弟难受了似乎才能开心一点，因为家里的所有人，继父、妈妈、大姐姐，只有这个时候才会正眼看她，让她感到她还是这个家庭的一员。

看到今老师在纸上画出的这一幕家庭关系图，小茜妈妈伸手去扯茶几上的纸巾，眼泪已经流下来了。她感觉自己就是那个一直叉着腰、"居高临下"地把手指狠狠指向小茜鼻尖的那个人。

06

小茜妈妈总感觉自己的命运多舛，心里总是会有很多的不平衡，而所有事情的开端又是从小茜出生后开始的，她或许也明白这样的归因对小茜是不公平的，但从情感上又控制不住自己。每每看到小茜哪怕她什么都没做，她就会想到现实生活中的种种不顺，特别是小茜进入青春期后还故意跟她对着干，她就要变本加厉地还回到她的身上，她只有这一个出口。

所以大女儿有时对小茜的行为是过分的，但她心里却还有些欣慰，至少这个家里还有人心疼她，大女儿就是"他"带给她的"天使"。

可小茜，怎么办？

此时，小茜妈妈明白了她是整个家庭的"风向标"，她就是那个承担着整个家庭"连结"和"调节"的主要责任和使命的妈妈，她需要为自己的选择和行为负责，她也需要对孩子们负责。她需要鼓起勇气先面对自己的问题，哪怕目前自己的力量还不够，但还是要试试。而这个决定和决心，是改变还是不改变，都在自己的一念之间。

青春期，"可能真的是孩子留给父母的修复亲子关系的好时机，可能也是最后时机"，那就试试。

后记

一天，今老师的办公桌上放了一张小卡片，打开一看，里面夹了一张粉色的小纸片，上面写着小小的俊秀的黑笔字。今老师一看落款，原来是小茜写的，字里行间的意思是上次谈话之后，妈妈说自己要好好学习育儿方面的知识，不仅对自己好，对仨姐弟都好。妈妈买了好多书，但她没怎么看，而自己却全都看完了。妈妈对她的态度比以前好很多，每周还会抽出专门的时间母女俩单独相处，就是属于妈妈和自己一个人的"特别时光"，她非常喜欢这个"节目"。从文字中可以看得出，妈妈做了调整之后，整个家庭的状态发生了变化。家庭成员关系就如同一个风铃，家庭成员互动链中的一个环节改变了，就可能牵动整个家庭系统的改变。

心灵花园

低自尊

自尊强有力的影响着人们的期望、行动以及对自己和他人的评价。低自尊的人通常用不断地批评、指责来胜过他人，因而常常使自己变得孤立。他们也常常过分专注于不被接受或拒绝，这又进一步削弱了他们的自尊，形成恶性循环。低自尊的人有几个特点：他们经常贬低自己，如"我做不好任何事情""我没用"等等；缺乏自信心，经常抱着失败主义的态度；常常是防御性的和孤独的，他们把别人的帮助看成是对自我的威胁，不仅排斥自己，也排斥别人；他们常常不能或不愿向别人敞开心扉，更不愿意提供有关自己的重要信息。

感受即真实
——青春期成长故事

第五章

学校人际，
　　连接的阶梯

学校是除了家庭之外学生活动的另一个主要场所，是孩子走向社会的第一步。学校其实是一个复杂的小社会，学生要处理与老师的关系、与同学的关系，以及与异性的关系，这些关系同样会带来许多烦扰。

感受即真实
——青春期成长故事

我应是一个好学生

01

我是一个大家眼里公认的好学生，但不知怎的进入初中后就感觉诸事不顺。瞧，这次被班主任莫老师盯上了，说是思政邹老师让我们小组即刻带上自己的思政课本去办公室找她。

感觉事情有点不妙。

昨天在思政课上，我的课本忘记带走落在公共教室里了，估计邹老师发现了什么，要把课本的主人找出来……因上课无聊，我之前在课本前页上写了一些不是很"文明"的话，好像是"这种课上了有什么用""这个老师真过分"之类的。邹老师应是找了莫老师反馈情况，认为学生的这种行为"情节严重"，必须找出来是谁。

我觉得这些话也没啥呀，平时我们同学之间说话就是这样的，这些老师也有点小题大做了吧。

不行，我得想想办法。我赶紧跟好朋友小冰借了一本思政课本，然后跟着小组其他几个同学一起去找邹老师。

邹老师看了看我们一行几人，三个男生、三个女生，翻了翻她手里的"我"的课本，展示了一下。

"这课本是在你们小组的桌上发现的，知道是谁的吗？"

我看了看大家，大家也在互相看，都没有说话。

我想他们知道是我的呢，没想到同学们都这么讲义气，我这个小组长看样子还蛮有人缘的。

看到无人答话，邹老师把课本交给了其中一个男同学，让他们三个男生都翻看一下，再次问："知道是谁的吗？"

那个男生作为代表，还是摇摇头说"不知道"。

我心里犯疑，他们难道是真的不知道？哦，我当时应是没有给他们看，好像只给同组的女生小双和小文看过，还以为他们真是够哥们呢！

"行，你们仨回班级上课去吧。"邹老师说。

乖乖，是如何就把男生都给排除了，范围瞬间缩小了50%。

邹老师示意让我们三个女生坐下，"好，男生走了，女生们好好谈谈。这课本是谁的，知道吗？"

这应是邹老师的第三次发问，还是没有人答话。

邹老师让我们把自己手里的课本一一给她看，她不经意地翻着，时不时抬头看一眼课本的主人，没有说话。

翻完三本之后，她突然看了看我，指着我手里她还给我的那本，问："这一本是你的吗？"

为啥偏偏就问我，难道露出了破绽？

我依然镇定地说："是我的。"

"好吧，既然你们都有自己的课本，又都说不知道我手里的这本是谁的，那就先回教室上课去吧。"

还是庆幸我脑子转得快，跟小冰借了一本，不然就会被发现了。

02

然而，最让我没有想到的是，就为这事莫老师出了大招：让我们下午都必须把思政课本交上去,每一位同学都得交,只要是没交课本的学生考虑请家长来学校面谈,看看邹老师手上的那本书是哪位学生的,由家长来认领。

呀,这怎么办,那我也不能拿小冰的课本假装是我的啦!

我得去"求"一下小冰,我们都是好朋友,她得帮一下我呀!我不能被招供出来,从小学开始我就是一名很优秀的学生,我不能丢脸,而且我还是班干部呢!

我拉着小双、小文一起找到小冰,说明了来意。她的课本还在我的手上,我之前已经写上了自己的名字,还好她当时没有写名字。

小冰支吾着不知道是同意还是不同意,小双看不过,问她:"那你以后还要不要跟我们仨人一起玩呀?"

感觉小双是我在这个班里结交的朋友中最仗义的,其实我们在小学就认识,只是不同班,进到中学一看分在同一个班级我们很快就走近了,而小文又是她的小学好友,我们仨自然就关系好了。

小冰赶紧地点点头,那个眼神虽有点躲闪,但还是看得出很想和我做朋友。

"那不就得了,这次你就帮一下我们的小珠珠啊!"感觉小双松了口气。

可是第二天下午,我还是被莫老师和邹老师一起约谈了。

我不知道他们是如何知道邹老师手上的课本是我的,我相信他们也不会告诉我的。总之,我应是被"出卖"了。

03

面对两个老师,"好汉弯上转",这个时候的我不能再硬扛了。我承认了那课本是我的,因为上课觉得无聊才写的,其实对老师并没有针对和不尊重,只是不喜欢这门功课,觉得这种课居然还要考试,无非就是增加我们的学业负担,觉得很烦,就看上这课的老师不顺眼,所以写下了那些文字。

听完我的描述,邹老师沉默,似乎也不想揪着我不放。

莫老师说:"不管怎样,作为一名好学生,这样的行为发生在你身上还是很让人意外的。知道为什么这件事老师会这么重视吗？"

我有点茫然。

莫老师提醒我，"那件事也是与你们女生有关的"。

哦，想起来了。就是开学后不久一次班级活动，当时要在外住一晚，小双"看了"同住的小学同学小欣的日记本，原来小欣在小学就喜欢班级的一个男生小风，而刚巧的是，到中学两人又分到了同一个班，小欣觉得很开心，就把这个写到了日记里。

没曾想日记本被小双"无意中"翻看到，小双第二天就告诉了我和小文。听到后我心里很不是滋味，小欣哪里配喜欢小风啊，就和小双、小文故意在同学们面前议论小欣单相思，刚好班级里有一个调皮小男生小楠最喜欢八卦，他也开始起哄小风，很快这事就在全班传开了。

小欣很生气，告诉了莫老师，说自己的日记本原是放在书包里的，不知道被谁拿出来翻看了，最后是在地上找到的，她认为肯定是有人翻了她的书包"偷看了"她的日记。莫老师同样觉得这事很严重，就在班级询问到底是谁把小欣的日记本从书包里拿出来的，这个始作俑者是谁。查来查去结果大家都说没有看到，莫老师虽然很生气，最后也只能在班里强调大家不要再议论此事。

只要我们三人不说，就不会被知道，而我们三人是肯定不会说的。那，这一次课本的事，又是怎么被老师知道了呢？

想起来了，一定是小欣，那次日记本的事她就怀疑是小双做的，只是没有找到证据，她俩在小学时关系就处得不好，而这次，她是不是私下里去找了邹老师认出了我的笔迹？她也知道小双和我的关系非常好，估计我也在她"不顺眼"的名单之内。

"小珠，上次的事情还没有查出来，这次又出现类似情况，同学之间在相互包庇。你在班级里一定要带好头、传播正能量哈！"

我的思绪被莫老师的话给拉了回来，这事就这样算完了？

嗯，那是肯定的，我是班干部，不能辜负莫老师对我信任！

04

小欣，一定是小欣，我把自己的猜测告诉了小双。小双恨恨地说："就她，最喜欢在男生面前告状，看我的。"

很快，小欣在小学的外号就在全班传开了。据说因为小欣的皮肤比较黑，到小学高年段后又开始箍牙，班里有个男生给她起了个绰号叫"黑猩猩"，还嘲笑她"长这样还出来吓人，太可怕了"。

黑猩猩？这么好玩！

开始，每天只要小欣早上或中午来到班级，小双就会低声说"黑猩猩来了"，我看到有些同学就会呵呵地笑。到后来，有的同学也会跟着叫，特别是那个小楠，"黑猩猩，哈哈，黑猩猩"叫嚷着最起劲，有一次他看见小欣进班级了还故意把路过的小风往她身上推，眼神还一个劲地往我的座位这边瞟。小欣被逼急了去打小楠，应是打中了几下，小楠疼得"嗷"地一声，之后"黑猩猩"地叫得更厉害了，在上、下学路上遇到小欣还会发出怪叫的声音。

这简直就是想"社死"（社会性死亡，网络用语）小欣，还是这哥们厉害！

有一次上心理课，心理老师在课堂上讲起了心理学实验，当说到心理学家拿大猩猩做实验时，全班都哄堂大笑起来。这似乎已成了我们班心照不宣的笑点了，因为不管是什么课，只要说到跟"猩猩"这两个音有关的话题，就会有人带头笑。心理老师觉得很奇怪，不知道我们的笑点在哪里，不过她很快就觉察到了可能的原因，她特别强调同学之间要相互尊重、不要开"过分"的玩笑，因为或许你觉得很好玩，但是对别人来说可能是她内心深处的痛处，可能会影响一个人的一生。

哎，有那么严重吗，真的只不过是同学之间的玩笑而已。

05

在小楠的推波助澜之下，小欣在班级里的处境应是越来越不好了，因为后来大家都认为是她自己性格有问题。只要有男生说她的外号，她就会叫着追着男生打，追不到就把男生的东西扔到地上，由此她得罪了以小楠为首的好几个男生，有时候他们还会故意去招惹她，看到她生气还挺高兴的，似乎已经把她当成了逗趣的对象。我看着觉得还蛮好玩的，嗯，已经不需要我们出手了。

当然，班级里的这些事情莫老师也不可能不知道，据说小欣和她妈妈还去找了心理老师，听说她还有自残行为，因此班级又都在传小欣心理有问题了，大家最好离她远一点。

后来听小楠说莫老师、心理老师也约他父母谈过，是因为他把自己P的那张"恶搞"小欣和小风的图片发到了某网络平台上，老师们反馈"造成的影响非常不好"，结果害他回去还挨了一顿狠狠的打骂，但我感觉应该没有起到多大作用。不过我还是有点同情小楠，莫老师曾私下里跟我交待过说小楠的家庭有点特殊，让我平日里多帮帮他，感觉他跟我接触时也没啥毛病呀，不然怎能成为我的"哥们"呢！

就这样，小欣开始不来学校上学了，而她哪天一来学校了小楠他们就会很夸张地起哄，课间又可见几个追逐的身影。

小双跟我说："你看，某猩不来班级是不是清净很多"，我表示一百个赞同。

之后，小欣的座位空出来的时间越来越多，我们的学业任务也越来越重，小欣也渐渐淡出我们的视线，但课堂上如果老师提到和"猩猩"有关的话题，依然会有同学在笑。

虽然我不知道小风怎么看这个问题，我也留意到每次大家嘲笑小欣时他的面部表情没有多大的起伏，但从他与我接触的态度来看，对我的印象应该还是不错的，这也令我很开心。

06

时光飞快,同学们各自顺利升入到新的求学阶段,小欣最后的考试情况怎样我们几个都没有去了解了,我想一直请假在家那么久估计学业也好不到哪里去吧,我算是解恨了吗?

依稀记得心理老师后来在一次关于校园欺凌的课堂上给我们放了一部电影《少年的你》的宣传片,还说什么希望作为中学生的我们能善待身边的每一个人,以至于在10年、20年、N年以后,我们都可以骄傲地说:在青春期那个最不可捉摸的年岁,我有尊重到身边的每一个人、从来没有欺凌过任何人!

我,也应是一个名校的好学生,可以骄傲地这么说吗?

后记

在班级处理思政课本事件的第二天一早,心理咨询办公室里来了一位学生。心理老师一看,不认识呀。这学生说话声音非常小,说自己是小冰,昨天她的思政课本被小珠借走了,之后没有还给她,然后小珠写上自己的名字上交了。小珠告诉她思政老师手上的那本书是自己的,希望小冰可以帮忙去认领。但是她不能这样做,因为她很怕班主任会就这事请家长来学校面谈,所以她还是选择过来跟心理老师说出实情。走之前,小冰反复叮嘱心理老师一定不要告诉班主任和思政老师是她说的,也不能让小珠她们几个知道,不然她们就会针对自己了。看着小冰那充满担忧甚至有点怯怯的眼睛,心理老师感觉到青春期孩子们的人际世界已不简单。

心灵花园

道德发展阶段理论

皮亚杰将儿童的道德发展划分为四个阶段,刚进入青春期年龄的孩子处于第三阶段:"可逆性阶段"或初步自律道德阶段。可逆性阶段形成了以下概念:如果所有人都同意的话,规则是可以改变的,道德行为准则只不过是同伴之间共同约定的来保障共同的利益。此阶段开始个体意识到规则不再是权威人物的单方面要求,也不再无条件地服从权威。其道德判断已经开始摆脱外界的束缚,有人称之为道德相对主义的道德。

这不是玩笑

01

心理课堂上游戏环节到了,今老师想请一位同学到讲台上来配合她做活动,这个班级的学生举手特别积极,今老师点了一个平时上课认真比较少言的男生上来。

这个男生走上讲台面对同学站着,笑笑的,嘴角边的那颗小痣有点可爱。

这时下面有一个男生在喊"他个子好矮!"接着学生们就"哄"地在笑。

这男生被老师点到参加活动,脸上本是开心的,但这时感觉有点尴尬。

今老师留意到这个男生个子确实不高,她自己大概一米六多,男生在她耳朵以下。但这不稀奇啊,男孩子进入青春期本来就比女生要晚两年左右,再加上个体差异,有的男生要到初三甚至高中才开始疯长,但今老师不允许在她的眼皮底下有学生拿别人的生理特征来故意起哄。

今老师严肃地问"谁说的,请站起来!"

这时学生们都安静下来了,不就是一个玩笑吗,今老师为什么要如此"兴师动众"呢?

今老师最"怕"这种场面,"敢做不敢当",而这在现在的孩子中太常见了,做了还不愿承认。

"有的人看上去很高大,但他其实很矮小;有的人看上去很矮小,但他却很高大。有时候一个人的高矮不是由身高决定的。何况现在的身高也不代表将来,每个人进入青春期的具体年龄不一样。"

这些话从今老师的嘴里说出来听起来是有哲理，但"特别注重外表、只看眼前"的青春期孩子能真正接受与理解吗？

看着学生们的表情有点漠然，今老师搂了搂那男孩的肩，说："之前有因身高跟他开过玩笑的同学请站起来。"

这次学生有反应了，一个、两个……当看到全班只有一两个学生坐在座位上没有动而其他男生女生一个个陆续站起来的时候，今老师诧异了。

她忽然很后悔自己的这个举动。

站在这个男生同样的位置，今老师感觉眼前黑压压的一片，比自己高大的男生、女生占大多数，很有压力感，那眼神、那表情似乎带着讥讽，她都觉得很压抑。

再看那个男生，他此刻笑笑的，是无奈还是已经不在意？

"老师，我没事的，习惯了。"此刻，他打破了平静。

或许，他也把这个看作是同学之间的玩笑吧，这说明同学们至少在关注他，或许把他当成一个可爱的小弟弟，是今老师把问题看得太严重了？！

看着那男生回到座位的背影，他走路的姿势有点踮脚，让人担心身体会有点失衡。

下课后，今老师按座位查了一下那男生的名字。

"小旭"（化名），依稀记得是这个名字。

02

今老师想起两年前处理的一起小学生"事件"，那个孩子的名字就叫小旭。

当时班主任蔡老师把班级的几个男生叫到咨询室来接受辅导。事情的经过大致是：放学后这几个男生在小区里玩，这时小旭出现了。"领头"的小衫忽然想捉弄一下小旭，就跟几个男生嘀咕，准备把手里可乐瓶里的可乐先喝掉一大半，然后再在里面加点其他东西让小旭喝。加什么呢，小衫想到了一个鬼点子。

感受即真实
——青春期成长故事

弄好之后，小衫几个来到小旭面前，要请他喝可乐。小旭很疑惑，不知道平时交往并不是很多的小衫为什么突然要请自己喝可乐。小衫几个拦着他，就是让他喝了才能走。那时候小旭更瘦小，缠不过这几个大个子男生，就接过了可乐瓶子。当小旭打开盖子准备喝的时候，闻到了一股怪味，就不愿意喝。这时，有一个男生说："喝吧，喝吧，喝了送你礼物。"经不住几个人的哄劝，小旭还是喝了一口，那个味让他想吐。回家后，小旭感觉不舒服，就跟妈妈说了此事。妈妈听了很生气，把事情反馈给了蔡老师，经蔡老师调查了解才知道了真相。

当时今老师听到事情的原委也很震惊，经常看到网络上有一些关于中小学生"同伴欺凌"的恶行事件，有的严重到"不堪入目"，没想到类似的事情就发生在自己的身边。

而这几个男生，有的说觉得好玩是跟风的，但还能意识到自己行为的错误。有两个是领头的，似乎还认为就只是想跟小旭开个玩笑，没想到他真喝了，感觉一直在狡辩，这让今老师很担心。

这事由于小旭妈妈坚持要学校给一个说法，蔡老师最后交由德育部门去处理了。

今老师还从蔡老师那了解到，小旭其实有点特殊，据家长说因为生下来体重比较轻，身材一直比较瘦小，在同龄人中发育得算晚的。他看上去比实际年龄要小1—2岁，有一只手还多了一个手指头，难免会有一些学生笑他。作为班主任蔡老师也知道这些情况，在班级里也经常强调同学之间要相互友善、互相帮助，但总会有几个调皮的"熊孩子"爱惹事。

今老师没有关注到手的问题，但算算那一届学生刚好升入中学了，根据名字和特征，应该就是他了。

03

在以后的心理课上，今老师会多留意一下小旭，他还是很放松的，脸上经常带着笑，而且在一次课堂调查中了解到他的学习成绩还很不错，看上去应是一个很乐观的孩子。今老师心想小旭的父母在他的成长中一定给予了他足够的爱和心理支持，让他有力量去面对日常生活中的这些"小小的烦扰"。

可一次上课，今老师发现小旭的座位空了。

她问大家，"今天有学生没来学校吗？"

"小旭。"有学生回答。

可能是生病了，今老师猜测，如果是特殊原因，一般班主任会来找她反馈情况的。

果然，第二天，班主任龙老师找来了，希望今老师可以跟她一起去小旭家家访。

"发生什么事情啦？"今老师感觉孩子在上次上课时没发现有什么异常呀。

原来近期年级在进行学科单元小考，在考数学的时候，坐在小旭后面的一个男生用笔戳他后背示意让小旭给他看答案，小旭没有理会。那男生不甘心，又去踢他的椅子，小旭不想理他，就把自己的桌椅整个往前挪了挪，由于动静有点大，引起了当堂监考老师的关注，那男生自然也就没有"想看"的机会了。在那之后，那男生对小旭更不友好了，骂他"矮穷矬"，还当面骂他"六指猕猴"，班级里跟那男生关系好的几个学生也跟着一起起哄，故意把他的书扔到走道上，小旭第三天就没来学校了。

04

"唉，不来上学，最近不来上学的学生有点多。"今老师听了直叹气。

龙老师表示，"其实小旭学习很努力，是个学霸，成天也是笑笑的，对班级事务很热心，他可能想通过其他方面来证明自己，我作为班主任也很欣赏他，没想到这次有好几天都没有来学校了。"

今老师分析，如果是身高问题通过后天的努力还有可能改变，但手的问题是通过自己难以改变的，这可能才是他心里最在意的和最真正的痛。他不能忍受别人用这个来羞辱他。

感受即真实
——青春期成长故事

学生们需要持续不断地教育引导，小旭也需要心理疏导。

这一次的家访应是在今老师所有的青春期孩子家访中最顺利的一次。之前的家访不是学生把自己锁在房间里不愿意出来，就是已经出来了，看到老师来了之后还是跑回房间里把自己反锁起来，而小旭跟妈妈一起和两位老师在客厅里坐下来，没有任何的抵触。

话题自然是围绕着了解小旭这几天在家里的学习和生活情况，还有龙老师也反馈了学校里的学习情况，并表示老师和同学们都希望小旭可以早日去学校。

今老师也见过一些因各种原因不愿去上学的孩子，大部分家庭的亲子关系都处理得很不好。孩子去学校上学是"天经地义"的事情，有几个家长能够真正接受自己的孩子不去学校呢！

面对小旭的选择，妈妈表示他们可以理解孩子目前的感受，因为她自己小时候也有过类似的经历。况且小旭在家里是可以自己学习的，他对自己也有要求，作为父母他们会尊重孩子的想法。

果真与今老师之前的判断一样，家长给予了孩子足够的信任和心理支持，让今老师想到了"好家庭就是一所好学校"，是的，杜梅姐在她的专著《好家庭就是好学校》里强调的就是这一点。

因为这件事是学生之间的问题所引起，龙老师表示已经找那几个起哄的学生进行了谈话，特别是那男生，并在班级也进行了相关的教育。

"这样的行为从学校教育角度来说也是坚决要杜绝的。"龙老师强调了这一点。

此次家访主要是龙老师和小旭妈妈的沟通，今老师和小旭的话都不多。最后商谈的决定是，很快要期末考试了，小旭就自己在家学习，随时保持与老师们的联系，到时参加考试。

走的时候，今老师交给了小旭一个用A4纸折叠成的信封。

"小旭，里面有一封信，还有老师的联系方式，需要时随时可以与老师联系。"小旭从今老师手里接过信封，点点头。

走出小旭家，龙老师很好奇，问今老师在信里写了些什么呀！

第五章 学校人际，连接的阶梯

今老师笑着说："其实就是一些关于'我'的计算公式，小旭本是一个乐观的孩子，相信他可以解出来的。"

至于那些喜欢"欺凌"他人的人，学校真的什么都做不了吗？《中小学教育惩戒规则（试行）》2021年3月1日起实行，《规则》里明文规定，"实施有害他人身心健康的危险行为"以及"打骂同学、欺凌同学或者侵害他人合法权益的行为"有必要的可实施教育惩戒。一般惩戒可以"点名批评，责令赔礼道歉、做口头或书面检讨"，严重者可以"给予不超过一周的停课或停学"处理，"要求家长在家进行教育、管教"。对于多次教育惩戒仍不改正的学生，学校可以给予"警告、严重警告、记过或者留校察看、开除（高中阶段）的纪律处分"。这绝对是对广大师生在校合法权益的有力保障。

05

一个周日下午，今老师走在去超市买东西的路上，这时迎面走来一个男生，身穿中学生校服，背上背着一个双肩书包，手里推着一个箱子，应该是高中生周末返校吧。那个男生笑笑的，等走近的时候对着今老师说"老师好！"今老师有点一愣，这孩子是认识的吗？当看到他嘴角边的那颗小痣时今老师想起来了，小旭！长高了，身板挺得笔直，看上去更自信了。

青春期的孩子就是这样，3年左右的时间不管是在身体上还是心理上都会发生翻天覆地的变化，走到大街上真的认不出来。嗯，3年，老师除了变老了还是那个老师，而学生已经不再是之前的那个模样，这种成长，真好！

后记

个体心理学之父阿尔弗雷德·阿德勒在《自卑与超越》一书中提出，身体缺陷是最容易使人对生命意义进行错误解释的情形之一。每所学校里都会有一些比较"特殊"的孩子，"特殊"在于他们可能存在各种先天或后天的身心发育问题，而这些孩子可能更容易遭受到周围人的不平等对待，"人的世界，有时就是

感受即真实
——青春期成长故事

如此"。有一个故事说，每一个人都是被"上帝"咬过的苹果，人无完人，但有的人可能被"上帝"咬了一大口，于是就显得格外不同。我想，但就是因为这个不同，"上帝"可能给予了他一双更智慧的"眼睛"和一个更清晰的"头脑"，因为他看到的这个世界可能会更真实，他更能够透过这一双眼睛去辨识身边的"善"与"伪"，这或许也是一种使命吧。

心灵花园

全纳教育

全纳教育（inclusivee ducation）是1994年6月10日在西班牙召开的"世界特殊需要教育大会"上通过的一项宣言中提出的一种教育理念和教育过程。全纳教育作为一种教育思潮，它容纳所有学生，反对歧视和排斥，促进积极参与，注重集体合作，满足不同需求，是一种没有排斥、没有歧视、没有分类的教育。在义务教育阶段的学校中，甚至在幼儿园，只要儿童在肢体或"智力"上有那么一点问题，就可能会遇到各种麻烦，全纳教育旗帜鲜明地反对不平等的对待。

全纳教育认为，在学校班级里，如有学习或活动有困难的学生，这不仅是他个人的问题，也是集体的问题。因为班集体是一个学习共同体，而有困难的学生也是这个共同体中的一员，是集体中的合作者。对于有困难的学生，如果大家可以给予爱心，合作起来，想方设法战胜困难去帮助他，就能体验到一种有教育意义的经历。通过这种富有教育意义的亲身感受，学生们学会了设身处地，也学会了用集体的力量去帮助有需要的人。

爱动漫小说的女生

01

"妈妈,我去上学了。"吃完早餐,小玥(化名)收拾好书包出门了。

家离学校近就是方便,孩子自己可以上、下学,不用家人操心。

时间过了八点钟,家里的电话铃响了,小玥妈妈拿起电话,是班主任何老师打过来的。

"小玥妈妈,小玥今天早上来学校了吗?现在还没有到呢!"何老师在电话那头语速稍快。

"还没有到校?"小玥妈妈心里一紧,"她就是按平时的时间出门的呀,出门前还打招呼说去上学呢!"

"可现在还没有到班呢!要不你在小区里找找看,我们在学校里找找,看是不是有什么事情给耽搁了。"何老师说完急着挂了电话。

早上出门时说去上学却还没有到校,小玥自打上学以来从未发生过的事情,这是怎么回事?

小玥妈妈心里犯着嘀咕,但还是有点心急,小玥爸爸去上班了,先不惊动他,自己去找找吧。

小玥妈妈在小区里遛了一圈,还专门留意了小玥平时常去的地方,却没有看到孩子的影子,其实是连一个校服的影子都看不到。当然,这个时候学生们都应该在学校里了。

这时何老师又打电话来，说学校里没有，刚去调了校门的监控，好像孩子早上没有进校园。

对哦，监控，小区里也是有安装监控的，可以去管理处看看。

小玥妈妈到了管理处说明原由，管理处的工作人员还是蛮热情的，赶紧帮忙查看了那个时间段他们所住区域的监控，结果发现小玥根本就没有出那一栋楼。难道……

小玥妈妈赶紧跑回家中，发现家里并没有人，心里又是一紧，去哪了？忽然，她想到一个地方，赶紧出门往楼顶上跑。

02

在楼顶天台的一个角落里，她终于看到了一个身影，小玥坐在地上，书包放在身旁，她低着头不知道在看什么。

听到有声音，小玥一回头，看到妈妈正朝她走来，脸上带着怒气。

"为什么不去上学，你在这里做什么？！"说实在，跑了这几趟小玥妈妈是真的很生气，还好自己今天轮休，不然不知道要怎么办。

小玥低着头不说话，手里拿着的是一本厚厚的动漫小说，好像叫什么"××祖师"。

不去上学反而躲在这里看动漫小说，这孩子胆子可真大呀！怎么可以？！

"你这是要气死你老妈吗？"这句话声音听起来有些响亮。

"妈妈，我不想去上学，我不要去学校……"小玥突然哭起来。

看着眼泪巴巴的小玥，妈妈心又软了下来，她让小玥收拾好东西先领回家再说。给何老师打电话汇报完情况后，小玥虽还有点抽泣，但情绪基本平复下来了。

03

妈妈拉着小玥坐下，告知她上午已经跟何老师请假了，希望她能告诉自己为什么早上不去学校。

还好平日里小玥和妈妈之间的沟通还是ok的，小玥说出了缘由。原来上周在课堂上小玥偷看动漫小说被何老师发现了，何老师让小玥把书先交给自己保管，周末再还给她。那可不行呀，正看到最关键的时候呢，小玥不情愿，何老师就直接从她抽屉里收走了小说。虽然到周末的时候何老师把书还给她了，但那之后她觉得何老师经常会故意针对她。比如很多同学都在讲小话，何老师不批评别人就只说她；何老师去图书馆借书，其他同学想看的书老师都借，但就是不借她想看的书。还有，昨天下午在课堂上明明是同桌男生找她讲的话，可何老师不说男生只说她一个人。她觉得何老师好烦，不想去学校。

听到这些，小玥妈妈松了一口气，似乎问题不算很严重。

"那何老师为什么要针对你呀？"

"不知道呀，看我不顺眼呗！"小玥嘟着嘴。

"不管怎样老师是为你好，下午去学校吧。"小玥妈妈决定结束这次谈话。

04

结果不到一周时间，小玥又旷课了。

这一次小玥一大早起床时说自己身体不舒服，妈妈摸了摸她的额头，体温似乎不高。小玥坚持说自己肚子疼，考虑到女孩子生理期的特殊原因，妈妈向何老师请了假。结果到了快上学的时间，小玥又说自己还是想去上课，妈妈想能去上学岂不更好，何老师那边也不用再打招呼了，反正孩子会到学校，等孩子出门后自己也上班去了。

如果不是何老师刚好有事找小玥妈妈，大家可能都不会知道小玥其实并没有如她所说去上学了，这一次小玥又躲在楼房天台看动漫小说，而且一看就是一个上午。

感受即真实
——青春期成长故事

05

当小玥被班主任何老师领过来坐到了心理老师今老师面前时，她的眼里充满着怒气：

"在学校不允许看，家里也不允许看，那我在哪里看呀？"

小玥一边说一边瞪着今老师，板着脸孔，看样子她对今老师也有敌意，毕竟不是自己主动想来的。

今老师想到当时何老师打电话给她是这么描述的：前一段时间小玥特别迷恋动漫小说，上课看、下课也看，被批评制止后对老师很抵触，有时会对着干。近来几次说身体不舒服不想来上学，妈妈对她很"溺爱"经常为她请假，经多次沟通都无效，希望可以得到心理老师的帮助。

今老师又想到跟小玥约谈之前她妈妈反馈的情况：孩子看动漫小说简直入迷，晚上写完作业后就看，12点才睡觉，也跟她沟通过，效果不佳。因何老师不让她看动漫小说对老师的抵触很大，之前建议她自己找心理老师谈，但很不情愿。

看着气鼓鼓地坐在咨询室里的小玥，今老师觉得好气又好笑。

06

在今老师看来，问题其实并不复杂，一个步入青春期的孩子有自己喜欢做的事，因为没有做到合理适度，遭到老师的批评、家长的禁止，于是很愤怒，想尽办法反抗，甚至用不上学来对抗，其结果可想而知，并不理想，最终还是被妈妈和老师"逼"着来心理咨询室了。

"我看你有点不开心的样子，你有什么话想跟老师说吗？"今老师开门见山。

"班主任针对我！上英语课我看动漫小说被何老师发现了，她把书没收后还在全班批评了我，她凭什么没收我的书，她上课讲的内容我都知道了，我看书又没有影响别人，所以她批评我的时候我就气鼓鼓地瞪着她，就是不服气。后来何老师就经常针对我，为一点点事情批评我，说我在路上遇到她白眼睛也不叫她、一批评我就顶嘴强词夺理，还叫我妈妈去学校，说以后再也不允许我看动漫小说了，所以我不想去上学。她们都知道我喜欢看书，所以故意针对我。"

小玥一股脑儿地说完了，思维还清晰，比起中学生，小学生的合作性还是强多了。

于是今老师针对小玥认为何老师故意针对她展开了对话。

07

今老师："小玥，你说何老师最近故意针对你，可以说几个具体的例子吗，让老师来帮你评评理。"

小玥："有呀！上课时很多同学都在讲话，她就只批评我，我表现好了也不表扬我，偏心。"

今老师："那何老师批评你时，你当时有什么反应呢？"

小玥："我很生气啊，然后我就故意不听她的课，气她。"

今老师："哦，你觉得何老师故意针对你，你很生气，所以你也故意跟她对着干。"

小玥："是啊。"

今老师："你确定当时何老师就只批评了你一个人吗？"

小玥：（思索片刻）"也不是，还批评了几个吵得厉害的男生。"

今老师："那你现在想一想何老师是不是只针对你一个人呢？"

小玥：（停顿后）"应该也不是吧，我是有讲话，老师说安静后我还故意不停下来，就是让她看到……"

今老师："如果你明白了其实自己也有做得不好的地方，何老师也不是只批评了你一个人，你还会那么生气吗？"

小玥："应该不会吧……"

今老师："那你想一下你当时的心情和行为是受什么原因影响呢？"

小玥：（沉默片刻）"就是我觉得何老师应该像以前那样对我好，不应该不给我面子当众骂我。"

今老师："嗯，这是你当时的想法在起作用吧。如果你继续这样想、继续与老师作对，最后会有什么样的结果呢？"

小玥："何老师会越来越不喜欢我，经常不听课我的学习成绩也会下降，爸爸、妈妈会骂我，我会不开心。"

今老师："这是你所想要的结果吗？"

小玥：（不假思索）"不是！"

嗯，话聊到这，小玥的抵触情绪已经缓解了很多，今老师知道小玥不排斥与自己交流了，于是就让小玥说说她与"像以前那样对她好"的何老师之间的故事，让她通过回忆积极事件与何老师重新建立起正向的情感连接，说着说着小玥感觉何老师也没有刚才那会儿那么令人心烦了，好神奇！

08

小玥刚进入青春期，虽然叛逆想按照自己的意愿来行事、不想被控制，但是在基于尊重和理解的良好沟通下还是可协商、能合作的，可不要小看一个12岁孩子的认知水平。

接下来，通过与今老师的几次会谈，小玥看到了除了动漫小说之外其实自己的内心还有其他想要的东西，那就是作为班集体中的一员每一个人都需要的心灵营养，归属感和价值感，而且需要通过调整自己的一些偏差的、不合理的想法以及情绪行为模式去获取这些"营养"，让自己的外在需求和内在需求的满足达到一个平衡。

一个多月后一天下午的放学时间，小玥主动来到咨询室，她告诉今老师班主任已经帮她在图书馆借自己爱看的书了，她和何老师也相处得越来越好，很开心。

离开的时候，小玥拿出自己折的四只橙色纸鹤送给今老师，虽没有刻意说什么，但今老师已经接收到了她的快乐和感激。

后记

记得一次下课后让一个初中生男生留下来谈话，我问他知不知道为什么要他留下来，他很坦然地回答"因为我欺负你"，一时让我无语。学校里每天都在发生学生和老师之间的故事，而小玥的故事只是其中的一个很简单又很典型的故事。有人这样总结：小学1—4年级的学生大都乖巧，师生关系融洽；小学5-6年级的学生陆续进入青春期，开始看老师不顺眼、品头论足，师生关系发生微妙变化；进入初中之后有的学生把老师视为"敌人"，甚至公然对抗，师生关系紧张；进入高中之后师生关系逐渐平稳。这可能也是一个孩子随着自身年龄的增长对老师这个身份的认知在不断变化吧。

心灵花园

理性情绪疗法

理性情绪疗法（Rational-emotive therapy，RET），又称合理情绪疗法，是20世纪50年代由艾利斯（A. Ellis）在美国创立。RET的基本理论主要是ABC理论，即：诱发性事件A只是引起情绪及行为反应C的间接原因，而人们对诱发性事件所持的信念、看法和解释B才是引起人的情绪及行为反应C的更直接的原因。理性情绪疗法认为，人们的情绪及行为问题是由人们的不合理信念所造成，这种疗法就是要以理性治疗非理性，帮助来访者以合理的思维方式代替不合理的思维方式，以合理的信念代替不合理的信念，从而最大限度地减少不合理的信念给情绪及行为带来的不良影响。

感受即真实
——青春期成长故事

如你所期待

01

很难想象眼前这个小男生是一个"暴力"的孩子,他静静地坐在那里,耷拉着头,感觉他其实不想来,但是被班主任吴老师领着来了。

"小泰(化名),你好好跟今老师聊聊哈!"

小泰没有表情,也不出声,吴老师对着我摇了摇头,走出了咨询室。

唉,小学生,应该没那么难搞定吧。

"小泰,我是心理老师今老师,你想跟我聊聊什么呢?"

依然不说话。我发现小学生执拗起来也没有那么容易"就范"。

想起之前吴老师跟我反馈的情况:"小泰这孩子,在家里或学校一不开心就'装疯卖傻',根本无法沟通,发起脾气来不顾上课还是下课,不停地打自己,有时还会吃卫生纸,在学校发生过很多次了,劝都劝不住。"

是什么会让一个孩子情绪这么失控呢,而且是"攻击自己",我有点好奇。

"你今天来了如果不跟老师说点啥我不会让你回班级哦!"我笑着说,感觉自己有点"威逼利诱"。

"你想不想回班级嘛?"我进一步试探,他点点头。

"那我想听听今天为什么吴老师要领你过来,因为我看你其实挺不情愿的,可以跟我说说吗?"

在学校咨询中虽然接触被动的孩子不少,但在小学生中这算是很被动的了。

小泰可能确实是想回班级，他开口说话了。

他的语速比较慢，脸上没有太多的表情，声音是那种有点浑厚的，感觉已经进入变声期。

我听到的信息是：他不喜欢班级某个老师与学生的互动方式，听到"这个老师"说出来的话、看到那面部的神态表情他会很难受、很愤怒，他认为"这个老师"不尊重学生，哪怕不是说自己，说班上的同学也不行。开始时他会忍，憋屈极了他就会发脾气，因为不能对别人发，"不能涉及周边人"，他就会打自己、用头撞墙等等，这样发泄出来会舒服一点。

"这样打自己，用头撞墙疼吗？"我轻声的问。

"不疼，我不会后悔。"

我感觉到他的认知水平已然超过了他的生理年龄，他就那么平静地说着，似乎真的一点都不怕疼。

严重怀疑有的人痛觉神经真的没有那么敏感，我见过一些有自我伤害行为的未成年人，他们都说不疼，或许是有一种更疼的疼盖过了身体的疼。

他告诉我在小学低年级与老师相处时也发生过类似的事情，但次数很少。升入高年级后班级换了"这个老师"，他特别看不惯"这个老师"的一些做法，有时忍不住就会发脾气，近期出现的次数有点多，吴老师才让他来心理室接受辅导。

他似乎是一个很爱憎分明的人。我想，或许之前他愿意开口说话是因为接纳了我的态度，我就是一个关心他的大朋友。

02

又是与老师的关系，小学高年段学生逐渐突出的问题，有的学生甚至会因为不喜欢某学科的老师而抵触甚至放弃这门学科的学习。情感的负面力量压住了理性，小孩子往往是带着自己浓烈的情感喜恶色彩来行事的。

我并没有对小泰的行为进行是非对错的评判，或许还有些同情他。他的内心有自己的行为准则，在情绪暴发的时候没有选择伤人毁物，而是伤害自己，虽然这并不是一个合理的方式。

既然"这个老师"暂时不会换走，一方面可以自己或借助其他资源尝试跟"这个老师"沟通，另一方面也可以做自我调整。

"那在你难受的时候如果不伤害自己，有没有想过其他办法也能让自己感觉好起来呢？"我关切地问。

小泰摇摇头，表示没有。

这时我告诉他一些我自己心情不好的时候所采取的方法：比如吃美食，听音乐，散步、逛街，看电影，写博客，跟好友吐槽等等，并建议小泰可以尝试一下。

从小泰的面部表情来看他是一个很有主见的孩子，他似乎并没有完全接受我的建议，但他表示愿意想想还有没有其他更好的办法。

小泰跟我之间的谈话就好似两个成年人之间的交流，但他的应对行为还不成熟，我感觉放心不下，通过吴老师还是约谈了他的妈妈。

③

其实不是只约谈小泰的妈妈，我是希望爸爸、妈妈可以一起来，但只有妈妈来到了咨询室。妈妈反映的情况更加详尽。

家里就小泰一个孩子，感觉他从小性格内向、敏感又好强。其实从小学一年级开始就有类似的情绪发作，升入高年级后频率和强度加重，主要以"自虐"为主，用头撞墙、打自己耳光等等。而每次都有事情发生，当他觉得自己或身边人受到不公平对待或者遭遇委屈的时候，不管在家或学校都会如此。

正如小泰所说："不能对别人发，只能对自己，伤害自己没有关系。"这个观念不知是从哪里来的，伤害自己真的没有关系吗？

这是一种消极的情绪应对模式，如果长期固定下来会发展为人格中的一部分，需要家长重视和及时引导。我把这个重任交待给了小泰的父母，需要大家一起帮助小泰找到更合理的办法来应对各种压力。

此次咨询之后，估计是各方的配合和努力，没有再收到关于小泰的消息。依然如此，没有消息就是好消息。

04

在新一届初中生里我看到了小泰，他们班来上心理课，我一眼就认出他来了，个子长高了，嘴唇上隐约有了黑黑的一层。他并不表示跟我很熟的样子，但在课堂上听课很认真，不怎么说话，而且每次在路上遇到我虽然不会叫"老师好"，但眼神都会有交流，表示他看到我了，我也会对他点头、招手，表示我们是"熟人"吧。

说实在的，小泰进入中学后的再见有种"别来无恙"的感觉。

一天，咨询室里一同来了两个女生，她俩刚开始你推我、我推你的"你先说""你先说"，之后两人你一嘴、我一嘴地说起来。

原来，她们并不是为自己咨询，而是为班上的一名男同学：最近他学习压力很大，因为经常被某学科老师骂，心里有负担；在家爸爸、妈妈要求他学钢琴，他虽不情愿但又不跟父母说明白，又加重了他的负担。

"他性格比较内向，是属于很文静的那种，有时会在班上哭。"其中一个女生强调。

两女生特别提到这个男生由于某学科学得不好被老师骂，虽然他也在努力但未能得到老师的认可，目前对那个学科似乎已经失去了信心，有时还看到他用手使劲捶自己的头，很担心，于是找心理老师希望可以帮帮他。

"这个男生叫什么名字，可以告诉老师吗？"我的脑海里虽然已经有了一个形象，但还是要确认一下。

"小泰。"

"你们为什么想要帮他呢？"这个问题似乎像在八卦。

"我和他是同桌，对他的情况有点了解，我觉得他挺可怜的。"那个女生说。

"是呀，我也觉得一个男生在班上哭挺可怜的，虽然是自己一个人静静的，但很多同学都看到了。他上课还挺认真的，从不捣乱。"另一个女生补充。

似乎同样是因为师生关系而引发，小泰在新的成长阶段又遇到了新的压力，或许他的行为模式又回到了以前，这是他熟悉的模式。

两个女孩子愿意为他来找老师求助，可见她们对他还是很认可的，很想帮助他。在肯定了她俩的热心行为之后，我让她们跟小泰提议让他自己来找心理老师聊聊。

当小泰再次来到咨询室与我面谈时，他已然知道我已经了解了他近期的情况，眼里闪过一丝的不好意思，因为"又来了"。

我的大脑在搜索着心理学相关专业知识，起效较快的，认知行为疗法，我该如何改变他不合理的认知和偏差的情绪行为，从而增加他的压力应对能力呢？

05

一个陷入思维"囹圄"里的人真的很难走出来，特别是最核心的那个部分，哪怕他是一个未成年人。因为人的思绪是很复杂的，有时控制不住地就进入了那个循环里，不是不想出来，而是找不到出口。

"每个老师都有自己的个性和教学风格，大家都知道这个学科老师要求严格，但他采取了不妥当的行为方式。老师是为了学生好，学习是为了自己学，我们学习的是老师教给我们的知识和技能，不能因为老师的态度和方法过于激烈而影响自己对学科的学习……首先要从自己做起，只要努力了，老师自然会看到的。学习钢琴也一样，要学会跟父母沟通，说出自己的真实感受，取得父母的理解和支持。"

这一番看似"引导"实则"说教"的话相信只要是一个老师都能说得出来，我想其实不用我说他自己心里也都明白，他只是最不能接受的是"为什么有'老师'会这样！"

这时，我想到了《萨提亚家庭治疗模式》里的个体冰山，小泰因师生互动中在期待层面没有得到满足，他感到愤怒、委屈，采取了指责的应对方式，他觉得老师不应该这样对待学生,他期望所有的老师都能够尊重学生、爱护学生,而他也要尊重老师、敬爱老师,他想做些什么又无能为力,他内心很痛苦,他选择了伤害自己的行为。

"别人并不会总是如你期待的那样对待你。"或者"别人不会以你的信念和价值观为行为准则来为人处事"。因此,最重要的是,我们如何对待自己,而且不管别人怎样对待我们,我们是否首先能善待自己,就是那个"个体冰山"底层的需要"心灵营养"的自己。而作为一个未成年人,小泰可能还需要更多的时间去理解和适应吧。

不过,我还是联系了小泰现在的班主任袁老师,希望她能找机会跟"那个学科老师"聊一下小泰的问题,看看是否可以从教师方面做一些调整,或者心理老师自己去找也可以。从袁老师反馈的信息,感觉同事之间似乎不好怎么去谈这个问题,相信任何一个老师听到班级有学生对自己有这种看法都不会感到开心,况且"严师出高徒",对于学生要求严格本身也不能说是做错了。嗯!还是再想想,如何沟通才更有利于建立师生双方的良好关系吧。

后记

一次某学科老师跟我吐槽,说现在的青春期"熊孩子"真是太难管了,一天去某个班级上课,有学生看见老师过来了赶紧往教室里跑,还故意把门给反锁了,上课铃响了才有学生打开。上课时也吵哄哄的,你一说话学生也说,你停下来了学生还在说,这位老师很生气,说了句"死猪不怕开水烫"。是呀,"副科"课堂更难。

之后一次我去同年级其他班上课,做课堂活动时学生们也是吵闹不休,我说的话完全淹没在学生们的声浪里。我也很生气,让班干部一起帮忙才把纪律稍微整顿了下来。我说:"有一个老师上课时学生纪律也是很不好,那老师就开玩笑说'死猪不怕开水烫',希望我们班不要如此。"我是趁机在"指桑骂槐"吗?总之,后来那个班的班主任告诉我,学生们听了我的话很生气,有个课堂上很活跃的学生带头说要去校长那里投诉我,结果被班主任做通思想工作就没有去了。

唉！从老师的角度，希望学生认真听课、不扰乱他人，从学生的角度，希望老师尊重他们、让他们自主，从谁的角度看都没有错，师生关系应是相互的，谁触碰了底线都会互相伤害，这个"度"该怎么把握？！

心灵花园

人际交往的黄金规则与反黄金规则

人际关系的基础是彼此的相互重视和支持，任何个体都不会无缘无故地接纳他人，相互性就是前提。合理情绪疗法的创始人——美国著名心理学家埃利斯提出了人际交往的"黄金规则"，即要"像你希望别人如何对待你那样去对待别人"。换句话说，你希望别人怎样对待你，你就怎样对待别人。而现实生活中，许多人并不知道或者不会用"黄金规则"，而是抱住这样的观念不放："我怎样对待别人，别人就应该怎样对待我"，或是"我对别人怎样，别人就必须对我怎样"，这是绝对化的要求，即是所谓之"反黄金规则"。持"反黄金规则"往往会走入人际交往的烦恼。

青春的涟漪

01

不知从何时起我的目光就被"她"所吸引,"她"是一个文静、好看的女生,眼睛里总是闪着笑意,看上去气质就是与众不同。

每次走进班级,只要看到"她"在自己的座位上,我就感到很安心,因为有"她"在,学校成了我最想去的地方。

一次上心理课,今老师觉得我们这一组太吵了,就要给我们组换座位。不知道怎么这么巧,今老师要把坐在最后那组的"她"跟我们这一组讲话最多的那个同学交换,说是上课认真的学生坐到前面来,不想听课的就到后面去。

看到要把"她"换到我们这一组来,同学们就开始"哦——"地起哄。

今老师很诧异,"怎么啦?!"作为心理老师,她很敏锐。

同学们只是笑。我也很开心地笑,而"她"却坐在那里没有动。

今老师问"她":"那位女生,你不想坐到前面来吗?"

我没有回头,只听到一个清脆的声音说:"老师,我不想换。"

今老师说我们班级的这个氛围有点"诡异",也没有继续强迫"她"一定要换座位,就叫了她们组另一个同学坐过来了。

唉,本来有机会可以坐在同组,"她"为什么不愿意换过来呢?我感觉有点郁闷,下课后故意磨磨蹭蹭地走到了讲台这边。

"你喜欢'她'?"

感受即真实
——青春期成长故事

哎呀，这心理老师也太直接了，弄得人怪不好意思的。

"你怎么知道？"我应是笑得合不上嘴。

"你的脸上明明写着你喜欢'她'呀，难怪你们班同学起哄，要不要这么明显呀！"

令老师真是厉害，一星期见一次面也能看得出来，估计我也是被她"盯上"的目标之一吧。

"这是一份美好的感觉，对于青春期的孩子可以理解，不过太过明显了对你来说未见得是一件好事哦。"

嗯，就是同学们喜欢起哄，还有几个男生喜欢故意跟我开玩笑，我不care。

02

一次班级活动，我俩都要一起负责一部分内容，我和"她"加上了QQ好友，那段时间我俩在QQ上联系还比较多，开始是讨论一些关于活动的话题，后来也会闲聊，感觉"她"对我印象还不错，也愿意和我聊天，我挺开心的。

不过，从班主任钟老师给我调座位之后事情却开始变了。

钟老师让我和小欢（化名）同桌，可能是想让我"帮助帮助"她吧。而小欢是一个"特别"大大咧咧的女生，"特别"是与男生相处时总"大条"，之前我就看到她和其他男同学拍肩搭背、"打"成一片，不开心的时候还会你推我搡、动手动脚的，很多男生都比较"怕"她。据说军训那次有一天午休的时候，女生宿舍因为门被反锁正等待打开，小欢嫌太累则趁人不注意干脆自己跑到男生宿舍，把同桌的那男生赶到另一个男生的床上去，自己就这么躺下来休息了，让在场的男生们目瞪口呆，最后被人背后议论她"脑子有问题"。

小欢成为我的同桌之后也经常会闹出一点动静来：比如上课时她没带什么东西就会直接凑过来从我这里拿，挨我好近，躲都没地躲；下课时她会一把来搂我的肩膀想让我跟她一起出去活动；还有一次她趁我在写作业的时候在我的背上用黑笔画画，我是太认真了没感觉到，居然也没有人提醒我，害得我回家被妈妈骂，因为好难洗掉，还有……感觉小欢根本就没有把我当男生或者把自己当女生，我躲我闪我拒绝，但是无效，小欢依然如此大大咧咧。

我跟钟老师反馈多次，老师给我的回复是：小欢的问题已经多次跟她本人聊过，她还是想跟我同桌，而且已经有所改善，就先不调吧。

于是，班级又开始传我和小欢的八卦，这又是什么梗？

我只能忍，谁让我是一个不会"拒绝"的人呢？但是，我发现"她"和我在QQ上的互动越来越少了。

03

钟老师终于大发慈悲，让小欢去跟女生同桌了，怎么不早一点想出这个办法，为什么一定要一个男生和一个女生同桌呢，现在这样不就ok了。

针对我和小欢的八卦终于消停了，但有的同学又把小欢和坐在她前方的另一个男生扯上了，怎么这么无聊啊，难怪今老师说我们班的氛围跟其他班有点不同，难道是青春期荷尔蒙太旺盛在"作祟"？

我依然会关注"她"的一举一动，依然会因看到"她"笑而高兴、看到"她"烦恼而发愁，我想这应该就是今老师所说的"喜欢"吧。

我可能还是无法掩饰对"她"的好感，于是经常会找机会跟"她"说说话，QQ上时不时发一些表情给"她"，"她"跟我的互动又多了起来。

入中学后的第二个圣诞节，我买了一份礼物送给"她"，不知为何在班级传开了，我不知道消息是如何传出去的，我是没有告诉任何人，但是我看到"她"的好朋友每次见到我都有点怪怪的，难道是"她"的"闺蜜"泄密的？！

接下来班级里又传满了我的"绯闻"，而且很不好听，说我单相思，一直都缠着"她"，让"她"觉得很烦恼。无意中我才知道这是从另一个男生小轩（化名）那里传出来的，意思是近期小轩经常跟"她"在QQ上聊天，有时会聊到我的事情，"她"并不喜欢与我往来，只是我不断在骚扰"她"，小轩实在看不过，就把事情抖出来了。

感受即真实
——青春期成长故事

更可气的是小轩还在本校学长建的一个社交网页上发文字图片损我,我觉得自己好委屈,我绝对不是那种人!

之后每次去到班级我都觉得有同学在背后议论我,他们用异样的眼光看我。"你看,这就是老师眼里的好学生,仗着自己长得帅、学习成绩好,以为所有人都会喜欢他,也把自己看得太重了。""就他那样还缠着人家,太无耻了!"

说实在的,我还是一个挺爱面子的人。我觉得自己的天一下子崩塌了,真的很难受,我不想去班级看到那些背后说我坏话的人,而我也不知道要如何面对"她",我不想去学校上学,对,我不要去上学!

04

我跟妈妈说身体不舒服,想请假不去学校,其实不是身体不舒服,而是心里难受,我只想一个人呆着,不想见任何人。

我在网上查了一些资料,说一个人如果"情绪低落,整天唉声叹气,觉得生活没有意思,对什么事情都提不起兴趣,以前喜欢做的事情现在也不想做了,以前想见的人现在也不想见了",那就可能是抑郁了。

我怀疑自己是不是抑郁了!

想想自己那段时日的表现,我认真、努力学习,希望自己学习成绩优异;我报名参加运动会,希望可以展示自己的运动特长;我配合钟老师在班级里做好自己分内的事,为班集体服务;开心时我会在QQ上联系"她"聊聊,我只不过是希望自己喜欢的女生可以看到我的优秀,好像也没有做出过分的行为呀!

想起这些我有些沮丧,现在经常可以看到身穿中学生校服的男生女生在一些公众场合手拉着手约会,还听说某校有一对学生居然躲在校园某个角落里拥抱接吻被老师透过办公室玻璃窗看到了,而我跟"她"连一次在校内或校外的单独相处都没有啊!

我真的不想见任何同学,其实呆在家里也挺好的,每天可以睡到自然醒,想做什么就做,不想做什么就什么都可以不做。但心里会觉得空空的,我也不想这样呀,我可不想做"茧居族"。

05

转眼间我有一个多星期没去学校了,钟老师每天都与老妈联系了解我在家里的情况,我每次答应老妈第二天去学校,但一到了早上要去上学的时间,我又泄气了。

钟老师很担心我的学习状况,马上就要升入毕业班了,这样子下去肯定不行呀!于是在钟老师的极力推荐下,老妈带我去找了今老师。

感觉今老师看到我的第一眼有点意外,"那个爱笑的大男孩呢?"

我觉得自己现在是无精打采,像个打了霜的紫茄子。

这次会谈主要是老妈跟今老师聊,我坐在旁边一副无趣的样子,不停地打着哈欠,其实我是在表示抗议:你们说的我都不感兴趣,我的事情你们谁都帮不了,也不用你们管。

今老师也没有刻意地一定要我开口,看着焦急的老妈,她告知男女生异性交往问题在青春期孩子中并不少见,她也接待过不少类似的情况。

今老师还说了一个例子,我估计其实她主要是想说给我听的吧:之前一个男生和一个女生相互有好感,两人的成绩都很好,只是女生的成绩更加稳定。到了初三的时候,两人开始有矛盾,因为按照男生的成绩不一定能考上最好的高中,而女生也不愿意为了男孩子而放弃自己最想去的学校,当时男生父母知道了他俩的事情也不停地说教、不允许他与女生接触往来,亲子关系很糟糕。结果男生最后一年无心学习,成绩一落千丈,后来女生考上了自己理想的高中,而他只是去了一所很普通的学校,非常可惜。

今老师也认为在当下的状态下确实谁也帮助不了我,除非我自己有勇气重新面对自己的问题,想清楚自己想要的是什么,重新做回那个积极的自己。

我也想啊,可一想到同学们那不怀好意的笑脸,还有他们给我的"人设",我真的不想去面对。是的,我也不需要被任何人来"设定"我是怎样的，真的不想见到这些人！

记得有一部动漫《偶然发现的一天》里的情节就很奇特，从小说里走入现实生活的高中生男女主角，他们不要作者给他们设定的人设和人生，最后他们改写了作者的意图，成为了自己人生故事的谱写者。

老妈看着表面上依然没有反应的我，之前忍着的泪水终于流了下来，她突然起身对着今老师一边说"老师，请您帮帮孩子吧"一边就要跪下去了。我一愣，下意识地伸手去扶她，然后看到今老师已经把老妈给拉住了。

我很震惊，万万没有想到老妈会为了我居然要给老师下跪！一下子不知为啥，我的心一紧，眼泪也随着老妈的那个举动落了下来。

今老师拍拍我的肩膀，跟老妈说："给孩子拥抱一个吧，相信他的内心已经有所触动，他会有自己的选择的。"

感觉老妈的臂膀怎么那么有力，我应是好久没有这么流过泪了。

06

我是决心铆着劲要好好学习、应战考试了，我现在还只是一个初中生，不能再让这样或那样的事情来干扰我了，不然真对不起一直在外辛苦工作的老爸，对不起起早贪黑照顾着我的老妈，也对不起钟老师前前后后对我的这一番苦心。

然而，就在考试送行的当天，一大早我去到学校，有同学看到我进班了又不知道在嘀咕些啥，正纳闷是不是自己又敏感了，这时发现我的课桌上放了一张卡片，上方写着我的名字，下方写着"抓住最后机会的表白……"，然后是三个粗粗的英文大写字母。

这又是啥，我顿时怔住了……

不过不管怎样，我还是顺顺利利地参加完考试，而这些，都将成为我人生中青春的小插曲，那番滋味怎样，还是每个人自己去品尝吧。

第五章　学校人际，连接的阶梯

后记

"你虽身在课堂，但你的心并不在课堂，不要问老师为什么知道，那是因为你的眼神和表情已经很明显地告诉了我你的心思，那一个个涟漪已经在你的心底激荡。"想起七年级时我们小组拍的心理微电影《青春的涟漪》就是关于男女生异性交往的，后期制作还是我来完成的，当时心理老师还称赞我们组的微电影拍得很不错。微电影里的男、女主角把这份美好的情感化作了友谊，最后把重心放到学习上，可为什么到了现实中当自己遇到类似事情的时候却这么难呢？记得心理老师说青春期恋情就好似带刺的玫瑰，美好但可能会刺伤手，那作为青春期的我们，该如何选择呢？

心灵花园

青春期性心理发展

心理学研究表明，青春期性心理发展大致经过三个时期：异性排斥期、异性吸引期、两性恋爱期。在完全进入青春期之后，随着性生理机能的进一步发展，生活阅历的日趋增加，青少年对异性之间的关系有了进一步的理解和认识，对性意识的情感体验也开始有了新的变化，异性间羞涩心理较前期大大减少，他们已不满足于对异性那种朦胧的、隐蔽的、泛泛的好感和爱慕，而是希望通过与异性交往，有选择地寻找自己倾心的"白马王子"或"白雪公主"。在这种心态的作用下，青少年男女结束"异性排斥期"进入"异性吸引期"，异性间的相互吸引显著增强，乐意与异性一起互动和交往，喜欢与异性相处，力求成为对异性颇有魅力的人。

感受即真实
——青春期成长故事

未知的盲区

01

下午刚刚上班,文老师的咨询室就来了一位学生,她看上去有些惊慌失措。

"老师,我想找您聊聊。"

看着满头大汗的女孩,文老师不着急交流,而是让她先坐下,擦擦汗,喝喝水。

学生名叫小语(化名),说今天中午在回家路上发生了一件让她现在依然觉得恐怖的事情。她很害怕,发信息告诉了好友晓丽,说自己遇到了一个变态,晓丽建议她找学校心理老师说一下。

"你没有住宿吗?"出于好奇,文老师问。

"这个学期没有住宿了,走读,中午也回家。"

哦,难怪事情会发生在中午。

小语告诉文老师,中午放学她跟平时一样走路回家,经过学校附近的公交车站时有一个中年男人走近来问路。她很热心,就停下来告诉他该如何乘车。在她准备离开的时候,那个男人突然去脱他自己的裤子,吓得她一声尖叫仓皇而逃。

说到这,小语快要哭出来了。

"真是个变态,太可恶啦!"文老师嘴里骂着。

她一听就想到了那个男人可能是什么问题,这应是一个有"心理障碍"的人,在上大学时《变态心理学》课程里有学过,但她如何跟眼前这个十几岁的小

第五章　学校人际，连接的阶梯

女孩解释那个男人的行为呢？如果不是学过心理学专业，常人是很难理解的。

"当时路上还有其他人吗？"文老师问。

"没有，只有我们两个。"感觉小语心有余悸。

文老师想想学校周边的那两条小路，似乎是专门为学校开的，如果不是上下学高峰期一般很少有人走动，是城市中闹中取静的一块区域，特别是中午，走读回家的学生很少，也难怪那个男人会选择在那个时间下手。

"还好你赶紧跑开了，反应挺快！"文老师安慰小语。

"嗯嗯"，小语使劲地点头，表示还算庆幸。

文老师接着问小语有没有说给其他人听，小语告知中午家里没人，因为太害怕了告知了好友晓丽，其他没有了。

是呀，换谁遇到这样的"变态行为"都会觉得恶心，还好没有造成实质性的伤害。

文老师建议小语晚上可以跟妈妈聊一聊，但是不要再跟其他人说，近期关注一下自己的情绪状态，如果因为这件事影响到学习、睡眠等日常生活就还要寻求帮助，就像现在这样，能来找心理老师说说就很棒。

"那个男人是有心理问题的，谢谢你可以告诉老师，我会跟学校安全处反映这件事。近期上下学你也注意安全，或者中午先别回家了，晚上下晚自习记得让父母来接！"

小语离开的时候文老师再三交待，一定不能让类似的事情再次发生了。

02

小语走后，文老师立即联系学校安全处苏主任，反馈了中午发生的事情——学校周围出现了一个"中年变态男人"，并跟苏主任建议近期让学校保安在学生上、下学时间加强对周边的巡视，以保证学生的安全。

第二天，文老师接到苏主任电话，让她去派出所查看录像。原来苏主任向辖区派出所报了案，警察建议要把"那个男人"给找出来，以免再去"惊吓"更多的学生。

　　文老师有生以来是第二次进派出所，第一次是自己的包被偷了录口供，这是第二次。之所以没有让小语去指认是不想继续给她带来困扰，而文老师认识小语，自然就能指认和她接触的"那个男人"。

　　派出所里，文老师和年轻干警一起查看了当天中午放学时间段公交车站附近的录像回放，却找不到小语所说的问路场景。原因是摄像头离公交车站有点远，而且还有树叶挡着，但确实可以看到一个中等个子的白衣服中年男人在那附近转悠，脸也看不清楚。

　　唉，那也只能如此。文老师觉得有点遗憾，不能把那个男人辨识出来。

　　这时，派出所所长也过来了，他很重视这个案子，学校的安全肯定是头等大事。

　　"我会告知苏主任，近期我们会多派出一些便衣民警在学校附近巡视，还有，你也可以告诉那个女孩，以后遇到陌生人问路、说话就不要理了。"

　　听了所长的话，文老师很迷惑，但又无法否认。

　　"所长，请教一下，那如果对方真的是一个问路的人，是一个需要帮助的人呢？作为老师我们可以教育孩子们冷漠、不要去帮助别人吗？"

　　文老师带着所长没有直接回答的"疑惑"离开了派出所，此事告一段落。

　　不过，文老师从心底还是很赞赏小语的，如果不是她能找自己反映情况让学校及时采取措施，"那个男人"可能还会伺机在学校周边活动，说不定还会有其他学生受害。

③

　　过了不到一周时间，小语再次来到了咨询室，看着她泛红的眼睛，文老师感觉情况有点糟糕。

　　原来班级在传小语遇到了"变态"，而且有的话传出来还不是很好听。

　　怎么会呢？学校里除了四个人应该没有其他人知道啊？！苏主任，只知道有这么回事，并不知道具体是哪个学生；文老师更不可能，有最基本的心理老师职业操守；剩下的就是小语自己和晓丽。

小语认为是晓丽把这件事说出去的，但晓丽为什么要这么做呢？

昨天课间，小语还是去质问了晓丽，晓丽却不承认自己有跟其他同学说过，结果两人这样一争辩使事情变得更糟糕，知道的人更多了，由此她在班级里唯一的一个朋友也闹掰了。

小语告诉文老师，虽然听说到高中很难再找到真正的知心朋友，但自己很在意跟晓丽的友谊，她现在在学校感觉度日如年，很难受。

其实刚入高中时她是住校的，当时四个女生一间宿舍。刚开始大家相处还很客气，但不知道什么原因，其他三个女生渐渐跟她疏远，而且她们还去宿管老师那说她很难相处，要求能不能把她调到其他宿舍里去。宿管老师曾找她谈过话，希望她能跟宿友搞好关系，她觉得委屈，经常想哭，但又不能表现出来，只能强忍着。

"老师，如果几个同学在一起时总喜欢议论别人，我不想参与她们在背后说别人的不好，但是如果我不参与，她们可能就会说我不好，或者疏远我，如果参与，我又不认同她们所说的，不想违背自己的内心，我该怎么办？后来我就跟妈妈说宿舍同学喜欢夜聊，我晚上休息不好，不想住学校了。"

文老师大概知道了小语的烦恼，高中宿舍人际确实是除了学业之外的另一个主要问题。与其说是她主动提出不住校的，不如说她是迫不得已不住校的。不过还好的是家庭支持她的决定，小语走读后不久父母就想办法租房过来陪读了。

也是，现在当地很多名校旁边都有这样的陪读出租房，一年又一年，一届又一届。

因为从宿舍搬出来这件事，小语在班级女生中基本被"独立"出来，当时只有善良的晓丽还会跟她说说话，保持与她的交往。可这次，是不是晓丽把"那个变态男人"的事情说出去的呢？

感受即真实
——青春期成长故事

04

"你是不是想继续和晓丽做朋友？"文老师问。

小语不假思索地点头，当然想的，不然在班级里太孤单了。

"如果想的话那就选择信任，既然晓丽说她没有跟别人说，根据你对她人品的了解，那就选择相信她。"文老师态度肯定。

看着小语的眼里闪过一丝轻松感，文老师知道她知道自己可以做些什么了。

考虑到"被传性侵"这件事的严重性，文老师联系了班主任贾老师。原来贾老师这周家里有点事，有课的时候才来学校，目前还没有收到近期发生在小语身上的事情。

文老师说明因出于保密原则，没有将上周小语遇到"变态男人"的事情告知班主任，而且小语的情绪状态也基本恢复正常，没曾想这周这事开始发酵，对当事人造成了很大的心理困扰，不希望这事再进一步发展下去了。

唉，如今的学生已经不是"一心只读圣贤书"了。可能每天早上起来吃完早餐就去教室学习，中午吃完午饭休息会儿又去教室学习，晚上吃个晚餐冲个凉儿还是去教室学习，这样的高中生活实在太枯燥无聊，学生们总想找点什么"乐子"来调剂一下，特别是这种敏感话题，总是有人"唯恐天下不乱"，是该好好收拾一下这些大孩子们了！

而对于学生的人际问题，也是因为这么大的孩子了，贾老师表示很头疼。

"小语在班级各方面表现还不错，但是有一个方面比较突出，就是别人不能未经允许就拿动她的东西，不管在教室还是在宿舍，如果有人动了她的东西她会生气，哪怕不知道是谁做的。现在是集体生活，东西被别人触碰了、挪动了是很正常的事情，虽然她说的不是脏话，但同宿舍的同学很烦她一个劲地问、喋喋不休，所以宿舍几个女生就联名向宿管老师要求将她调到其他宿舍去。因为班上女生知道她这个脾气，都不愿意接收她，为这事我还介入了，最后是她自己退了宿。当时我还叮嘱班干部晓丽多关心一下她，所以在班里她和晓丽的关系应该是最好的。没想到她怀疑是晓丽把事情说出去了。"

哦，这个信息小语倒是没有跟文老师谈起过。一旦朝夕相处，人和人之间就会更难，需要更多的理解和包容，难怪每次让学生排演校园心理剧关于宿舍里的各种奇葩故事会特别多。

有了贾老师的支持，"谣言止于智者"，相信他可以解决这个问题。

文老师告诉贾老师，她还需要和小语约谈一次。

05

文老师再次见到小语感觉她的情绪状态好了很多，不是那个初见恐慌再见忧郁的样子。原来贾老师在班会课上侧面提醒大家不要轻信谣言也不要去传谣做出伤害同学的事情，加上近期学校要举办体育节和艺术节，同学们忙着准备比赛和排练，每天的生活也没有那么无趣，注意力得到了转移，没有人再去纠结那件事了。

是的，再大的风波只要经过时间的洗涤终究都会归为平静，问题是我们能不能坚持下来熬过那段最艰难的日子。

小语主动和晓丽和好了，她俩猜测是小语从文老师那咨询完晓丽因好奇询问"变态男"的咨询情况，可能当时没有"避嫌"被别人听到断章取义地传出去了，不过现在已经不重要了。

"你怎么看待近期发生的这些事情，还有当时的退宿？"文老师冷不丁的抛出了问题。

小语笑笑，"我觉得没有什么了，可以接受"。

其实人的一生中会遇到各式各样不同的人，有的人看你喜欢、有的人看你不顺眼，有的人对你好、有的人可能会伤害你，包括我们自己亦如此。人的内心是最复杂的世界，我们很难从外在看到一个人的全部，不过没关系，如果投缘，可以成为朋友，如果不投缘，那就保持远离。就这样，只要保留一颗善心，亲疏顺其自然。

感受即真实
——青春期成长故事

后记

这所学校在市中心，前后门的两条街道都不宽，除了校门附近的公交车站偶尔会有人等车，平时人很少。中午放学或下晚自习会有一些学生陆续出校门回家，晚上人多一些，有一些家长过来接孩子，中午来往的人更少。"那个男人"在这一带徘徊了两天，他的目标是独自一人的未成年女孩。上次借问路成功"惊吓"了一个女生之后他依然想来这里寻找机会，但觉察到此处加强了巡查之后，他就去附近的其他学校周边转悠了，结果被派出所民警抓到。因情况特殊，他被送去相关医院进行精神鉴定，判断为"性心理障碍"，需要长期接受心理治疗。

心灵花园

高中生人际交往

高中生人际交往更倾向于社会化趋势，他们会打破原班级、年级界限，常常跨班级、跨年级，甚至跨校交往，其中一个显著特点是"结伙"。在校内、班内尽管有同学之间相互交往的正式组织形式，如学习小组、共青团、课外活动小组等，但高中生仍常因兴趣、爱好和性格特征而在校内外结成以人际关系为基础的非正式群体，这种小团体一般是在动机、倾向一致的基础上自发形成的。由于小团体成员态度的相似性往往形成了形式松散而行动又协调一致的群体。这类"结伙"多数在学习和活动中能互相帮助，起到正式组织无法替代的作用。

第六章

心理障碍，未知的预见

儿童、青少年心理问题越来越低龄化及严重化，一些比较严重的心理障碍在学校咨询案例中也会遇到，如精神分裂症、情感障碍（在第二章情绪问题中已有涉及）、冲动控制障碍、性别苦恼、进食障碍（在第二章情绪问题中已有涉及）等问题，这一类案例需要专业心理医生进行医学判断及干预。

感受 即 真实
——青春期成长故事

我有大猫守护

01

下课了，同学们都陆续离开了心理教室，我看到一个比较瘦小的女生小琳（化名）走到讲台上来，她说话声音细细的，"老师，我有一个疑惑想咨询一下可以吗？"

我点了点头。

"我总感觉有一只大猫跟着我，很想知道这是不是正常。"

听到这个我有点疑惑，"有多长时间啦？"

"嗯，就是进入初中，前不久在路上遇到一个与众不同的老人之后。"

"哦，那这只大猫现在在吗？"

小琳回答说："在，就站在我的身后。"

我下意识地看了看她的身后，说，"可我看不到有大猫呀，它长得咋样，有别人看到过吗？"

"它就是一只淡黄色的类似机械猫的生物，有点大大的，因为怕别人笑我也不敢去问别人，不知道其他人是否能看到。"

"大猫会跟你讲话吗？"我继续问。

"会呀！"

"它会跟你说些什么？"

小琳就告知我大猫一般会提醒她，上课要认真听讲、过马路要小心，还有地上有纸屑的时候会让她捡起来扔到垃圾桶里，大概就是这些日常生活里的事情。

我问："那它现在有没有说话呀"，小琳转头看了看，摇了摇头。

我感觉到了自己的担心，说："这只大猫对你有什么影响吗？"

她说，"它可以给我带来开心呀，因为它总是在帮我，感觉有个小伙伴一直在陪着我"。

这时快到上课时间了，我告知小琳，这样的现象在一般人身上不会发生，建议她回去可以跟家人聊聊或者问一下同学是否也能看得到大猫以检验一下；另外，给她布置了一个小任务，把跟这只大猫有关的事情用一个小本子记下来，在下周上课时带给我看。

小琳点点头，似乎看了一眼她的大猫，离开了心理教室。

02

在第二次见小琳之前，我跟班主任李老师了解了一下她的情况：入初中一个多学期以来，小琳在班级没有什么朋友，总喜欢自己一个人呆着，她喜欢看科幻小说或动画片，对心理学也比较感兴趣。小琳的爸爸工作忙常年在外，妈妈没有上班，家里就一个独生女，妈妈全部身心都放在孩子的学习和生活上，时常也会跟学校老师沟通了解孩子的学习情况。小琳在小学时成绩很优异，来到这里之后成绩处于中上水平，妈妈会比较着急，管得比小学更严，孩子自己可以支配的时间应该比较少。

我暂时没有直接告知李老师关于小琳和大猫的事情，这在平常听起来会让人感觉很不可思议，但我说小琳近期遇到了一些困扰，希望班主任可以密切关注一下她的日常学习、生活和交友的情况，也多与家长联系了解学生在家的情况，如果发现有什么不同寻常的情况及时跟我沟通反馈。李老师是一位年轻的语文老师，平时也很重视学生的心理健康状况，我们达成了一致。

03

等第二周再见到小琳时，感觉这一周发生了很多意想不到的事情，她都在小本子上记录下来了。大概意思是：原来小琳是一个星球使者，有保护宇宙的使命，大猫就是被派来保护她的。本来大猫是不准备现在告诉她这些，但是有一次在学校小琳发现自己喝的水跟平常不一样，很浑浊、似乎有点颜色，大猫及时制止了想喝水的她。大猫告诉她水是被别人下了毒，下毒的人来自另一股势力，他们要破坏宇宙，因为他们已经知道了小琳的身份，所以要过来害她。

小琳也觉得大猫说的这些很奇怪，怀疑这是不是自己臆想出来的。

我一边听小琳描述一边快速看了一下她的记录，说，"那个水是在哪里接的？"

"就是在教室里的饮水机里。"

"那别的同学不是也在那里接水喝吗？"

"是的，大猫说毒是下在我的杯子上。"

"那下毒的人是如何在你的杯子上下毒的呢？"我继续追问。

"是在我们上体育课不在班级的时候过来的，大猫说其他人也看不到他们，大猫感应到他们来了，就赶紧过来把他们打走了，但是他们留下话说一周以后要抓走我和另外两个同学，那两个同学是因为我给她们看了我水杯里的水。"这时可以隐约感觉到小琳有些害怕。

"她们说水有问题吗？"

"嗯，是有点浑浊。"听到这，当时我脑里闪过的是有时候学校饮水机出来的水会有些混浊，据说是消毒清洗的原因，好像这也说明不了什么问题。

停顿了一下，我问："你回家有跟妈妈聊过这件事吗？"

"嗯，有一次睡前我问了妈妈，妈妈说根本就没有大猫这回事，说我胡思乱想，还骂了我，我就不敢再去问同学了，怕同学认为我有心理问题。"

"那你相信这个大猫是真的存在吗？"

"我也不知道，所以就想问一下老师我这样是不是正常的。"

我肯定地说："我跟你妈妈一样，也看不到这只大猫。如果它存在，岂不我跟你的谈话它都听到了？它不会认为我在怀疑它的存在也要对付我吧？"

"老师，不会的，因为它知道你是为我好，它听我的，不会对付你的。"小琳赶紧解释。

我故意看了看小琳的身后说："那就好！你这周的学习和生活怎样，大猫会不会干扰你学习和休息呀？"

"不会，它就是保护我的，而且我学习分心的时候它还会提醒我，有它在我很安心。"

"大猫为什么要这样做呀？"我看上去很疑惑。

"因为我现在的任务就是要学好本领，大猫的职责就是要督促我完成我的学习任务，到时去执行自己的使命。"

"嗯，老师还是想跟你的家长沟通一下可以吗？"

小琳即刻强烈地反对，"不可以！要不妈妈会骂死我的，因为我跟妈妈聊过之后妈妈叮嘱我不可以再说给其他人听"。

我表示目前可以尊重她的意愿，但我告知她自己可以做一个现实检验，看看下一周另一股势力的人是不是如大猫所说真的会来抓走她和另外两个同学，并跟她约定如果大猫的存在对她造成了心理困扰，影响了日常生活和学习就一定要及时告知李老师或我，我们会跟她的父母沟通此事。

感觉小琳已经明白了大猫只存在于她的世界里，她的表情告诉我她可能不会再愿意跟家人沟通此事了。

04

根据以前学习过的心理学专业知识，考虑到小琳出现了一些与现实不符的体验，如看到别人看不到的大猫（幻视？）、听到别人听不到的大猫说话（幻听？）、认为自己是可以保护宇宙的星球使者（夸大妄想？），因此还有另外的恶势力要下毒害她（被害妄想？），大猫也会控制她让她捡垃圾（被控制感？）等等，而作为一个十几岁的孩子对这些现象将信将疑，现实检验能力降低，我也查了一些相关资料，有专家认为儿童的这种幻想表现是精神分裂症的早期症状。

我决定还是要尽早跟小琳的家长沟通一下。

我找班主任要了小琳妈妈的电话，反馈了孩子说的关于她和大猫的事情，并建议家长带孩子去医院见一下心理医生。小琳妈妈表示她已经知道了，并认为这就是小孩子的胡思乱想、不用去管它。

告知还是要告知，我强调了一下建议家长能重视孩子的心理健康状态，加强与班主任的联系，如发现孩子的日常情绪、行为有什么变化或者出现怪异表现可以及时与李老师或心理老师反馈，家校合作一起想办法来帮助孩子。

小琳妈妈在电话里"嗯嗯"了几句，沟通就到此结束。

05

如果一个从未谋面的所谓之心理老师打电话给我，说我的孩子有心理问题，让我带孩子去医院看心理医生，我可能也不会接受，还会觉得是这个心理老师自己有问题。学校心理老师就是处于这种尴尬境地，想想有点憋屈，但又可以理解。

跟家长沟通似乎不太顺畅，只能找班主任李老师帮忙啦，有的班主任还是很给力的。

我把跟小琳妈妈沟通的情况跟李老师做了一个反馈，并告知她虽然小琳目前表现出一些不符合现实的奇怪言行，但情绪尚稳定，日常学习、生活等社会功能也未受到影响，暂时先不给学生下判断、不随意"贴标签"，先密切观察，如果情况有变化或更严重，还是需要监护人的配合，以便能及时转介就医，及时进行专业诊断、治疗和干预。

不过还有一种可能性，在儿童期，孩子看了电视、书籍或打游戏，或在压力状态下，会产生一些联想，幻想自己就是某个特殊人物，分不清现实与虚拟世界，如果不影响生活，可以先多观察，也需要监护人多引导孩子参加社会活动，积极面对现实生活。

而接下来跟家长沟通的事宜就主要交给李老师了，李老师将成为我和小琳妈妈之间传递信息的桥梁。我们又达成了一致。

06

在接下来的几周时间里每周下课了小琳都会跟我交流一下近期的情况，她跟大猫相处得很好，而且她和同学也都没有被抓走，一切都很正常。她觉得虽然心理老师和妈妈都认为这个大猫是不存在的，但是她看过一本几年前出版的关于精神问题案例的畅销书，所以还是比较相信自己的经历是真实的。

有一次，小琳告知我大猫终于告诉她，它是她身体里分离出来的"精灵"，她要听它的，主要是捡垃圾，有时她不想去捡，但是大猫又要求她去捡，她就不得不去做，不过这也不会给自己带来太大的烦恼，因为她喜欢大猫能够陪伴在自己身边。

就这样，到期末，小琳跟我说一次无意中听到爸爸、妈妈的谈话，原来心理老师之前已经跟妈妈打电话沟通过了，不过自己也不清楚是不是妈妈说的这样，就是小孩子的胡思乱想，不过她希望大猫可以这样陪伴着她，因为它就是自己的"心灵伙伴"。

07

小琳升入高年段之后没有了心理课，没有了每周可以跟她见面的机会，她也没有来找我了。从李老师那里了解到的小琳的信息关于学习方面的比较多，其他也没有什么特殊，小琳妈妈也没有再谈及大猫的事情。

转眼间，初中三年过去了，小琳顺利升入高中。虽然有时候还是会好奇小琳后期的心理发展状况，但她和她的大猫在我这已经划上了句号。

或许每一个少女都有一个幻想中的美好世界，如果真是这样一个幻想出来的大猫作为自己的守护神陪伴她度过人生的艰难阶段也不失为一个自我调节的方式，等她到了更高年段内心更强大了、更能应对现实困境了，"大猫可能就自然而然放心地回到自己的世界中去了"，案主自身也获得了成长。

后记

孔子《论语·述而》曰："子不语怪力乱神"，意思是他不愿意谈论那些怪异、大力士、叛乱、鬼神之类的事。但实际上，孩子在小时候，他们的内心都充满着"怪力乱神"的幻想，或不切实际，或荒诞不羁，有国外文献指出特别是1.5—3岁是好幻想的敏感期，存在分不清幻想和现实，或许会持续到6岁。其实人们愿意通过幻想让自己变得无所不能，一些影视剧里的人物尤其突出，如超人、蝙蝠侠、蜘蛛侠、奥特曼等等，对这些影视剧人物的塑造也满足了人们拥有超能力的愿望。

心灵花园

精神分裂症（1）

精神分裂症是一组病因未明的慢性疾病，多在青壮年缓慢或亚急性起病，临床上表现为症状各异的综合征，涉及感知觉、思维、情感和行为等多方面。患者一般意识清楚，智能基本正常。国内文献报道儿童精神分裂症患病率为0.05%—0.08%，一般以12—14岁少年占多数。青少年患者基本症状逐渐与成人相似，可有离奇古怪的妄想内容和幻视、幻听、幻想性幻觉以及感知综合障碍等症状。主要采用抗精神病药物治疗、心理治疗和教育训练相结合，结合患儿的具体情况，加以全面考虑。

第六章　心理障碍，未知的预见

虚幻的真实

01

总算到周五下午下班时间了，今天下着雨。秋风秋雨愁煞人，深秋的深圳这个时候天已经渐黑了，五楼似乎只有我的心理咨询办公室还开着灯，之所以叫心理咨询办公室，是因为在一个房间里有两个区域，有电脑办公桌的这方就是办公区，有沙发茶几的那方就是咨询区，一个房间，两个功能都解决了。

收拾好东西正准备回家，这时听到有个声音在问"老师在吗？"，我走出房间一看，一个衣着整洁、扎个马尾的秀气女生站在门口。

"老师，我想咨询，可以吗？"

下意识从心底冒出一个声音在说，"现在已经天黑了下班了，如果不急的话下周再约时间来可以吗？"

但看到她那明显紧张及戒备的神情似乎是很想倾诉的样子，我还是不忍，把她迎进了咨询室。

我们俩一起在沙发上坐下，屋里亮着灯，外面黑黑的，女孩开始说起了她的故事。

这个女生名叫小依（化名），主要烦恼是觉得被好朋友出卖、把她的秘密都说出去了，上学期全年级都知道了，这个学期好一点，只有全班知道，很苦恼。

我没有打断她的叙述，静静地听她说。

小依说在小学5年级的时候就有被几位同学先后"出卖"过，她们把自己的秘

感受即真实
——青春期成长故事

密说给其他同学听了。说到这，小依突然问我是不是什么话都可以说，当得到我的确认后她突然说自己想自杀，活着没有意思，在家里有爬上窗户想往下跳和在厕所里拿小刀割手腕的举动；说在学校里经常有人骂她，同学们用异样的眼光看她。

小依又说到自己的童年，诉父母关系不合，爸爸经常外出不归，她跟爸爸的关系比较疏远。奶奶也跟他们一起住，奶奶对她和妈妈都不好。说到这些事情小依情绪激动，很愤怒，说想为妈妈报仇，要对付爸爸和奶奶。

我拍着小依的肩膀安抚她，鼓励她继续往下说。

小依说自己一个人在家时会听到有女人说话的声音，不知道这个声音是谁，主要是骂她，但看不到人；经常会看到黑衣女人的身影飘过，仔细一看又不见了；总觉得旁边似乎有人在看着她，监视她，有一次在家弹钢琴时感觉有人把头探到她肩膀上来了，很吓人；有时觉得自己长得很丑，照镜子时似乎周围的一切都变了。听到她的这些描述，一个判断闪现在我的大脑里，有点严重呀！

小依在诉说的过程中情绪也很不稳定，说起伤心事就哭，一会儿又笑，捉摸不定。当讲到在家可以看到黑衣女人的时候她突然很紧张地说看到咨询室的墙角有黑影飘过，并指着那个方向问我有没有看到，我告知她"老师没有看到"。接着她又突然把头转向后方，说玻璃窗后面有人在盯着她，表现出十分害怕的样子。

我跟着她回头，沙发后方是玻璃窗隔着的走道，因为走道的灯没有开，除了黑什么都没有，我"激灵"一下忽然有点毛骨悚然，感觉自己正在经历恐怖片。

还好，我是学过精神医学的！在小依讲述的过程中我会很肯定地回应她我的真实感知，并告诉她这里很安全，及时安抚她的情绪，就这样，时间一分一秒一个半小时过去了，小依的情绪逐渐稳定下来。

我跟小依约定以后遇到伤心事不要冲动行事，就像今天这样主动来找心理老师求助的做法就非常棒。因时间已经很晚了我建议小依先回家，小依表示同意，在平静状态下离开了咨询室。

02

考虑到小依所反映问题的紧急性及危机性，我当即电话联系班主任王老师反映并核实情况。王老师听到小依的情况虽然有点诧异，但回想起来其实从上学期开始就有同学反映小依总是"无中生有"，比如同学们明明在随意聊天，小依却认为是在说她的坏话，有时还会生气，同学也不愿意和她交往了。小依所说的同学出卖她、她的秘密全班甚至全年级都知道了并非事实，也是不可能的，而且她在家里的两次冲动行为王老师也并不知情。

意识到事情可能有点严重，王老师当即电话联系家长确认小依已经到家，为了得到家长的重视与配合，王老师预约小依妈妈在第二天即周六上午来学校心理咨询室进行紧急家校会谈。

03

还是在这间心理咨询办公室，小依妈妈、王老师和我三方坐下来，他们家就住在学校附近，小依的爸爸却没有来。

通过跟小依妈妈的会谈才了解到，小依生活在再婚家庭，家里还有一个同母异父的妹妹，妹妹出生后妈妈对小依的关注相对减少，妈妈只关注到小依学习成绩下降的问题，她觉得孩子其他方面都还好。

当王老师提及小依说自己有自杀企图时，妈妈表示这些情况已经知道，孩子是在与自己发生争执后有过开窗想要跳楼以及一人躲在厕所要割手腕的举动，但均被及时发现和制止，其实孩子只是赌气，故意做出来想吓唬家人的。

小依妈妈的回应听上去让人感觉不太关心自己孩子的心理安全，但我可以理解一个妈妈的本能反应，她不想自己的孩子被学校老师认为有心理问题，或者会担心如果孩子的问题真的很严重，学校是不是就不会让自己的孩子来上学了。

接下来的谈话就主要围绕孩子的心理安全问题和尽早就医的问题展开。因孩子有自杀企图，建议妈妈可以多陪伴小依，尽量不让她独处。还有，由于家庭结构的特殊性，父母都需要改善对孩子的教育方式和态度，建立良好的亲子沟通，多给予关爱和鼓励，尽量避免冲突，不刺激孩子。

但交流过程中小依妈妈的关注点依然聚焦在孩子的学习成绩上，并没有任何表示会去医院咨询心理医生，我和王老师不时交换眼神，传递着担忧。

小依妈妈离开咨询室之后，王老师和我商定，她会密切关注小依在学校里的表现，及时与我反馈。同时，会私下叮嘱几个热心的同学主动接近小依，帮助她建立友好的同伴关系；还会与各科任老师做好沟通，对小依多采取鼓励的方式，以维护孩子在学校的正常学习生活。

04

鉴于周六的会谈似乎没有达到我们的主要目的——希望家长尽快带孩子去医院就医，周一，我们又采取了进一步行动。

我和王老师一起去到学校主管校长的办公室反馈了小依的情况：（1）有自杀企图；（2）有多种与现实不相符的行为表现，如看到黑影、听到声音、觉得自己及周围一切都变化了；觉得好朋友说出她的秘密，出卖她，全年级都知道了；总觉得有人在盯着她、监视她；（3）情绪不稳定、不适切，喜怒无常；（4）学习成绩和人际交往情况受到明显影响。而且由于亲生父母离异，小依生活在再婚家庭，受童年经历的影响，性格悲观、敏感、多愁善感，目前认为自己人际交往受挫、心事很重，迫切需要家长的支持与配合，尽快就医进行排查，尽早进行医学干预。

于是，在覃校长的主持下，再次约谈小琳妈妈来学校进行家校会谈，督促家长配合学校建议，早日带孩子去医院就医。

这次小琳妈妈听取了学校的建议，带孩子就医的结果是"考虑精神病性障碍精神分裂症"，建议服药治疗，每周去医院复诊。

05

小依去医院就诊后没有来找过我了。一是在学校,这种保密例外的个案比较容易脱落;二是可能如同行所说,有的家长对学校心理老师还是不够信任吧。我会定期从王老师那里了解到一些情况,小依一边服药治疗一边上学,情况基本稳定。我也通过王老师转告家长:一定要定期就医,不可随意自行给孩子减药或停药,遵循精神科医生的建议,积极配合治疗。

王老师也听取了我的建议,遵循保密原则,把持保密范围最大底线,让孩子在学校里可以有一个正常学习和生活的氛围,以平稳度过初中三年。我想,这大概也是家长所期望的吧。

后记

几年后的一天,在一个商场里,我见到一个熟悉的面孔,边微笑着跟身边的同事说着什么边往货架上放商品。那身形依然比较瘦,穿着商场的员工服,但高了;那眉眼没有改变,但是笑容自然了。对,就是小依!算算时间,感觉她应该到了上大学的年龄,是假期勤工俭学还是已经走入社会开始上班,不管怎样,她那轻盈的步伐似乎已经告诉了我——岁月安好!

有一本由精神分裂症患者写的书籍《我穿越疯狂的旅程:一个精神分裂症患者的故事》,作者艾琳.R.萨克斯在大学期间患病,但凭着惊人的毅力,在家人的关怀、朋友的帮助,以及自己对专业的挚爱的推动下,她成长为一名大学法学院教授和精神病学兼职教授。艾琳的故事同样展示了一个事实——患有精神疾病并不可怕,人生同样可以精彩。

心灵花园

精神分裂症（2）

精神分裂症的临床症状复杂多样，可涉及感知觉、思维、情感、意志行为及认知功能等方面，个体之间症状差异很大，即使同一患者在不同阶段或病期也可能表现出不同症状。

（1）感知觉障碍：可出现多种，最突出的是幻觉，包括幻听、幻视、幻嗅、幻味及幻触等，而幻听最为常见。

（2）思维障碍：思维障碍是精神分裂症的核心症状，主要包括思维形式障碍和思维内容障碍。妄想是最常见、最重要的思维内容障碍。据估计，高达80%的精神分裂症患者存在被害妄想，被害妄想可以表现为不同程度的不安全感，如被监视、被排斥、担心被投药或被谋杀等，在妄想影响下患者会做出防御或攻击性行为。

（3）情感障碍：情感淡漠及情感反应不协调是精神分裂症患者最常见的情感症状。此外，不协调性兴奋、易激惹、抑郁及焦虑等情感症状也较常见。

（4）意志和行为障碍：多数患者的意志减退甚至缺乏，表现为活动减少、离群独处，行为被动，缺乏应有的积极性和主动性，对工作和学习兴趣减退，不关心前途，对将来没有明确打算，某些患者可能有一些计划，但很少执行。

（5）认知功能障碍：约85%患者出现认知功能障碍，如信息处理和注意、工作记忆、短时记忆和学习、执行功能等认知缺陷。

冲动是魔鬼

01

今天的工作接近尾声，今老师准备收拾东西下班回家。

"请问今老师在吗？"门口来了一个人。

今老师抬头一看，一位身穿黑色短袖外衣的中年女性站在门口。

"请问你是？……"

"哦，我是×班小木（化名）的妈妈，下午刚跟班主任冯老师聊过，他建议我找学校心理老师谈一下。"

"可以的，请进！"虽说面谈是需要提前预约的，但这种临时的来访也经常会遇到。

"请问有什么可以帮到你的吗？"今老师开门见山。

小木妈妈应是跟冯老师聊了很长时间，她有些声音沙哑地说："是关于孩子的问题。我发现孩子进入初中之后脾气越来越大，父母不能开口说他，特别是关于学习和手机的问题，一说他就发脾气，有时会摔东西、用头撞墙，他现在个头已经超过我了，力气又大，拉都拉不住。"

从小木妈妈的眼睛里今老师看到的除了担忧还有点害怕。

"之前有一次他跟姐姐闹矛盾，姐姐不愿意把手机借给他玩，他就来找我，问可不可以玩姐姐的手机。我说'既然姐姐不同意那也没有办法'，结果他跑去抢了姐姐的手机直接摔倒在地上，还用脚去踩，我都没有想到他会做出这样的事情。"

感受即真实
——青春期成长故事

"爸爸呢，当时爸爸在场吗？"今老师想到青春期男生的力量强了，可能需要爸爸来进行协调。

"爸爸没有在家，他工作也忙，孩子们主要是我和外婆在管。"小木妈妈显得很无奈。

"孩子从什么时候开始这样子容易发脾气的呀？"今老师继续了解情况。

"小木其实小时候很乖、很听话的，可能大概从小学五年级开始吧，那时候一不高兴就喜欢扔东西，手里有什么扔什么，哭闹，看他这样我也很生气呀，就会制止他，要闹很久才能平复下来。"小木妈妈回忆着当时的情景，似乎这些事情就发生在昨天。

"家里有人是这样子发脾气的吗？"

沉默了片刻，小木妈妈说："其实我自己的脾气就很不好。"

02

接下来，小木妈妈所说的让今老师今生难忘。

丈夫很忙，两个孩子年龄相近，他们的出生及带养都压在自己身上。外婆身体不好，自己又一直上班，工作、生活的忙乱让她心里很焦躁，缺乏耐心。

在小木很小的时候，她给他冲凉，结果不知道为啥小木哭个不停，怎么哄都没用，小木妈妈当时一冲动就用湿毛巾捂住了小木的口鼻，要不是外婆进到洗手间发现了，不然还不知道会有什么后果；小木大概两岁左右她带他出去玩，他想要买东西吃她不给，结果小木哭吵着要，她就开始打小木的屁股，一直打到把他的屁股打黑了；还有一次，也是小木在哭，她说恨不得将他折成两半……

听到这里今老师感觉自己身上的鸡皮疙瘩都起来了，脑子里闪现出一个词"魔鬼妈妈"。

咨询室里只有今老师和小木妈妈两个人，这种体验让今老师感到自己有点蹙眉，如果不是小木妈妈亲口说出来，怎么也不会想到看起来比较温和的她会是这样的人。

哪样的人，中立呢？不带有任何个人的评判呢？好难啊！

这时今老师想起自己大学的一位大咖老师曾说过，有两类人他不会为他们提供心理咨询服务：一是性侵者，二是家暴者。

"其实我也很后悔呀，但是每次脾气来了就会控制不住。我也会跟他们两姐弟说，妈妈脾气不好，不要惹妈妈生气啊，看到妈妈要生气了一定要跑开呀，跑得远远的。"

"是呀，你也挺不容易的。"

听到这话，小木妈妈的眼泪终于忍不住落下来了。

小木妈妈承认孩子爱扔东西、摔东西的行为是跟自己学的，有一段时间只要孩子不听话她就会朝他们扔东西，也是有什么扔什么，有一次还把小木的头上砸了一个包，事后也是很后悔。后来自己看了一些育儿的书籍，说父母要学会控制自己的情绪，就克制自己不这么做，没曾想小木在长大的过程中这些不好的行为全学到了。

其实这还是一个有自我反省能力的妈妈，她知道要看书，要找学校老师求助，说明她还是想改变的。今老师给了小木妈妈一个正向的反馈。

这时，今老师留意到了小木妈妈擦眼泪的手，手臂上有一些青紫的痕迹，手腕上还有一圈红红的印子，比较深。

作为心理专业人员今老师敏感到可能还有一些事情发生，心里的猜测是不是夫妻关系可能也存在问题。

03

"你这手上是？"今老师指了指小木妈妈的手腕处关切地问。

小木妈妈另一只手下意识的挡挡了伤处，"是小木"，声音更嘶哑。

"小木！"很明显今老师有点惊讶。

原来就在前两天因为小木说写作业要用手机，她就把手机拿给他用，说只要半小时，结果快两个小时了还不愿交还。她很生气，就去到小木的房间准备收回手机。小木不给，她就去抢，在争抢的过程中估计手臂给弄伤了，最后小木还在她的手腕处狠狠地咬了一口。

青春期的孩子，真的已经具有了伤害父母的能力。

这时今老师不自主地想到了与自己的儿子，也是在初中阶段，也是手机问题，当时她实在忍不住去抢儿子手上的手机，不预料被儿子一把推开了。她难以置信儿子会推他，她自认为他们的母子关系还是不错的，当时那个伤心呀，眼泪都要出来了。之后她得出一个结论：一定不要去"惹"青春期的孩子，不要认为你们的关系有多好，他们一旦认为自己被挑衅了真的可能"六亲不认"！

今老师走神了，小木妈妈可能没有觉察，她此刻还在看着自己的手腕处，那里还有一排清晰的牙齿印。

"那后来呢？"

"后来，手机我给抢回来了，他爸爸晚上回家又教训了他一顿。"

这个教训，是什么？按小木妈妈意思，爸爸也缺乏教育孩子的方法，平时管孩子不多，一管就喜欢喋喋不休地唠叨个不停，连她听了都很烦，而且一旦发现孩子有什么问题，一般"简单粗暴"解决。

之前小木还比较怕爸爸的，后来连爸爸都不怎么怕了，在家里一不如意就发脾气。有一次他和爸爸发生对抗，父子俩打起来了，小木还要冲到厨房去拿刀，那个场面很恐怖，最后是姐姐打110报警，警察到家里来之后才平复下来。

那是一个多么混乱的场面，可以想象得到。

04

"唉，之前发生了这么多事情真的不堪回首，那我们可以做些什么呢？"今老师把小木妈妈拉回到了现在。

今老师一直相信，每一对夫妻组建家庭的初衷是希望能有一个幸福的家庭，希望给孩子提供一个温暖、温馨的成长环境，希望孩子们可以健康快乐的成长，可如今，所做的和所想的有点背道而驰。

"还来得及吗？孩子还可以改变吗？"小木妈妈很疑惑。幸好姐姐的情况还好，没有让自己多操心。有时候真的难以理解为什么一个家庭的两个孩子会截然不同，或许是因为女孩没有那么淘气，或许是在这样的家庭氛围里姐姐找到了自己的生存模式……

"还来得及吗？孩子还可以改变吗？"对于这个问题，今老师给了小木妈妈一个非常肯定的答案，肯定来得及！可以改变！

今老师告诉小木妈妈，她见过太多的青春期家庭这种类似的情况，有的只是没有这么严重，但能不能改变绝对不主要取决于孩子，而是取决于父母。

今老师建议小木妈妈首先需要厘清自己的心理困扰问题，包括自己的成长经历、现时的工作和生活，目前把孩子的教育放在第一位，特别是孩子对自己情绪的控制，父母首先要做出榜样和示范，先改善自己的行为模式。如果因为情绪焦躁而控制不住自己，可能还需要去正规医院见心理医生，在心理医生的帮助下先调整好自己，让孩子知道妈妈也在学习努力改变自己，以此影响和帮助孩子，父母需要跟孩子一起成长。

当今老师提出是否可以约时间跟小木聊一下时，小木妈妈立即拒绝了，说孩子要是知道自己来学校见了心理老师一定会生气，决定回去后跟爸爸沟通一下，家长先做调整。

"家长需要学习，家长需要学习！"一个声音在脑海里反复回荡。是的，家长需要知道和掌握更多科学、有效的家庭教养方法去应对孩子成长过程中的各种挑战，2021年10月23日，十三届全国人大常委会第三十一次会议表决通过的《家庭教育促进法》里也明文规定"未成年人的父母或者其他监护人应当树立正确的家庭教育理念，自觉学习家庭教育知识，……掌握科学的家庭教育方法，提高家庭教育的能力"。

小木妈妈离开的时候，今老师推荐了简·尼尔森所著的《十几岁孩子的正面管教》，刚好可以供爸爸、妈妈一起学习和参考，同时也建议多参加学校组织的家长培训活动，成为学习成长型父母。

05

孩子就是父母的一面镜子。经常会有同事或朋友议论,为什么父母身上好的优点孩子一个都没有,不好的全部都学去了,难道是不好的东西更容易被遗传吗?我想到一位专家说过,当你总是对孩子说"你不要这样、你不要那样"时,其实你就是在强化孩子"你要这样、你要那样",因为他听到的或看到的只有"这样或那样",大人并没有明确告知或训练他要怎样。而央视还真拍过教育纪录片《镜子》,深刻揭露了父母与孩子之间真的存在着"镜子"般的对应。

今老师心里知道像这种问题是不可能通过一两次心理咨询就可以解决的,主要看父母有多大的决心和动力想去改变并付诸实际行动。

而小木在学校里各方面表现还是OK的,甚至性格还有点内向,那他改变的动力又来自于哪里?这是一个想改变孩子的咨询,来访人是孩子的妈妈,如果从孩子自己的角度来看又会是怎样的呢?

后记

行大于言,身教重于言传。父母知道自己身上有缺点,但却一直在身教这些缺点,孩子看到了就自然学到了,孩子的模仿能力是超强的。我经常说,除非父母在孩子面前装,在孩子面前就只展示自己期望孩子成为的样子。比如:你不想要孩子吸烟,你就不要当着孩子的面吸烟;你不想要孩子沉迷游戏,你也不能成天拿着手机刷屏"葛优躺",而是"多读书、多看报、坚持学习经常笑",装着装着你的那些缺点也改善了。从这个角度,父母应是家里最好的演员。还有,遗传基因确实很强大。有的人出生就自带"优质基因",每个家庭眼里都有一两个别人家的孩子,不要去羡慕,因为你给孩子的就是他一半的基因,这个改变不了,可以改变的就是后天的教养,这时请返回参照前一条。

心灵花园

间歇性暴怒

　　间歇性暴怒分类于冲动控制障碍，是一种无法控制的攻击性冲动行为反复的暴发，表现为言语攻击如发脾气、长篇的批评性发言、口头争吵，或对财产、动物或他人的群体性攻击，反复出现，通常迅速起病，很少或没有前驱期。在反复暴发过程中所表达出的攻击性程度明显与被挑衅或任何诱发的心理社会应激源不成比例，多是作为对亲密伴侣、孩子或同伴的微小挑衅而出现，即反应程度是过度的。反复的攻击性暴发是非预谋的，也不可预测，会引起个体显著的痛苦，如事后会后悔、内疚，但又无法控制。这种行为或导致职业或人际关系的损害，或者与财务或法律的结果有关。反复的、有问题的、冲动性的攻击行为的起病在儿童晚期或青春期最常见，其核心特征是持续性的，看似有延续多年的、慢性和持续性病程。

附录

"别人家的孩子"

01

　　七年级下学期的常规学生活动是拍摄心理微电影,学生自编、自导、自拍、自演、后期自制,开学初期布置任务,学期末进行汇报展演,每班分小组进行,每一届学生都是如此,每一届学生或多或少都会有几部非常精彩的作品产生。

　　这一届任务布置下去后,一天下课课间,两个男生留了下来,小蓝(化名)和小桀(化名)。他们说同组的小组成员都说没有时间来弄这个心理微电影,该怎么办。我建议组长小蓝发动一下小组成员一起合作完成这个任务,这件事一旦做起来其实还是蛮有意思的。

　　又过了一段时间,小蓝课后跟我说,他们组除了小桀还是没有人愿意弄这个心理剧。

　　我说:"那你就拍这个呀!"

　　"嗯?"小蓝有点奇怪。

　　"你就拍这个,小组成员不愿拍摄心理微电影,把这个过程拍下来就好了。"我也突发奇想。

　　小蓝的眼里闪着亮光,是哦,他get到了。

　　到了期末展演的时候,小蓝果然没有让我失望,他们组拿出来的作品叫《一个人的心理剧》,主演是他自己,拍摄人小桀,还有组里的几个男生有几个镜头的群演，把一个小组长想完成一件事但得不到小组成员的支持和合作的无奈、落寞表达得非常透彻。视频播放的时候全班静悄悄的，我留意了一下他们组学生的表情，估计也是有点后悔或遗憾的吧。

就此，小蓝给我留下了比较深刻的印象，那个个头高高的男生，总是露出灿烂的笑容，应是做什么事情都充满着好奇心和热情，希望能把每一件事情都尽自己的能力去做好，哪怕是不参加考试的心理学科的任务，他也会认真去做，没有任何的"功利心"。

02

七年级结束后，这一届学生上升到高年段，因为我没有任课就很少能见到学生了。

一天，我的QQ图标闪烁有好友申请，加上一看原来是小蓝。他似乎也没有特别的问题想问我，而是时不时地发一些心灵鸡汤的文章给我。说实在，那段时间因各种原因我也有些烦心，平日里都是我给别人发"鸡汤"，当我看了他不时发来的好文时还是蛮开心的，他可能也不会想到自己的这个举动会成为那段时间里心理老师的日常小确幸。

"太牛啦，你咋知道最近老师正需要心灵鸡汤呢？""很及时的好文章，太棒啦！""你的心灵鸡汤是老师这个年龄所想的，我转发给家长们看"……他看的文章题材也非常广泛，关于人生哲理的还不少，看样子是一个爱读书、爱思考的孩子。

记得有一次小蓝发给我一篇"妈妈，不要对我发火"的文章，还摘取了文中他认为关键的文字，"好好说话，是父母的修行；孩子们愿意用毕生殷勤，换父母有梦可枕"，我还调侃他，"相信你将来会是一个能善待自己孩子的爸爸"，他却回复我"但愿他会听话"，这孩子简直啦！

在我们的交流中只有一次他是问我关于失眠的问题，据他自己估计是刚进入毕业班那段时日各科考试压力有点大，不过他很快就调整适应过来了。正如我在

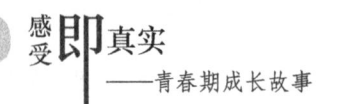

课堂上所强调的一个人对自我的觉察能力和调节能力非常重要，他应是具备的。

积极、阳光、好思考，遇到问题不避讳、及时找到解决问题的办法，而且热心，还是热心，不热心怎么会跟我分享那么多心灵好文呢，他也是希望我能推荐给更多的学生家长们看吧。

03

一次无意中看到小蓝班主任发的朋友圈，表彰近期考试单科及总分优异者，好几张照片上居然都有小蓝，我知道他的学习成绩不错，但没想到有那么优秀。

而我心里惊奇的是，感觉他到了毕业班手机都一直没有离手，平日晚上别人在学习的时候他还在发朋友圈，你留言后基本很快就有回复，特别是中考前的冲刺阶段还在发自己爱豆唱的歌，他在学习吗？他父母不会担心这样子会影响他的成绩吗？

就我看到的身边的很多家长，都认为手机一定会影响孩子的学习成绩，感觉小蓝就是个特例。

我想，从小蓝的身上我又有了重新的思考，如我跟他开玩笑所说"每天拿手机还能学得这么好"——学习成绩好不好跟手机可能真的没有一对一的直线关系，而是如何合理、适度的使用手机，至少自律是必须的，不然我不相信一个成天只玩手机的孩子学习成绩可以保持那么优异。或许，还有一个关键点，他的父母应是给予了他足够的尊重和信任。

04

一天，小蓝给我发信息，说小伍（化名）近期又遇到了困难，已经没有来上学了，想让我帮一下他。

小伍的情况我很清楚，自他入中学以来一直有跟进，但因为家庭情况太复杂我们能做的实在太少。我能感受到小蓝焦急的心情，在自己应考的关键时候还一心想着帮助同学，这是有着一颗热情、善良的心才能做到的。

这个被班级其他家长称之为"别人家的孩子"的小蓝，尽管在考前一段时间腿部受伤了，但在新一轮中考改革的第一年，以580分以上的成绩考入了理想的高中，他又将开启新的人生征程。

小蓝曾在七年级心理课上写给自己的素描：男生，中国人，羽毛球，开朗的，爱音乐，爱交友，不爱冒险，思想者等等，我想现在的他又成长了，从骨子里热爱着生活中的一切，心中有理想、友善和无差别的尊重，散发着一股鲜活的生命力，这也是一个当代青少年所应具备的优秀品质吧。

⑤

教师节又到了，小蓝给我发信息问周五下班能否晚一点走，他们有礼物要送给心理老师，估计是放学后从高中学校赶过来还有一段路程。教师节不是不能收礼吗，刚好自己周五也不在学校，这应该是一个很好的拒收理由。

当天已经到晚上了，微信里传来一张照片，办公室中间站着一个笑笑的大男孩，手里拿着一面锦旗，从右至左写着"赠海德学校开心小屋'拔除心灵杂草　过滤快乐青春'"，最左边是日期和两个学生的落款。

这应是教师节最好的礼物了，简直太有心啦！就是这样一个"别人家的孩子"，用他的乐观和真诚温暖着身边的人。

结　语

儿童青少年的心理问题越来越低龄化、严重化、复杂化，究其原因无非有家庭的、学校的、社会的、自身的等等，每一个个体又有所不同，情况复杂。因此，加强未成年人的心理健康水平是需要社会各界人士的重视和共同努力的一项工程。

在学校，这是心理老师工作职责所在，但学生的心理健康问题绝对不是靠每所学校一两个专职心理老师就可以承担下来的，而是需要各级教育行政部门的有效支持，全体教职员工的共同参与，最重要的是家长的重视和亲力亲为，以及相关社会资源的积极加入，不是总想着出了问题"如何去追责"，而是如何齐心协力地防范于未然。

这是一个社会工程，不仅是某一个人群或岗位的责任，任重而道远。

参考文献

[1] 弗朗西斯·詹森,艾米·艾利斯·纳特.青春期的烦"脑"[M].王佳艺,译.北京:北京联合出版公司,2017.

[2] 克里斯托夫·安德烈,弗朗索瓦·勒洛尔.恰如其分的自尊[M].周行,译.北京:生活书店出版有限公司,2015.

[3] 岸见一郎,古贺史健.被讨厌的勇气[M].渠海霞,译.北京:机械工业出版社,2015.

[4] 伊尔斯·桑德.高敏感是种天赋[M].李红霞,译.北京:北京联合出版公司,2017.

[5] 刘道溶.让孩子顺应天赋成长[M].北京:机械工业出版社,2012.

[6] 美国精神医学学会.精神障碍诊断与统计手册(第5版)[M].张道龙,等,译.北京:北京大学出版社,2016.

[7] 吴婉绚.你到底在怕什么[M].北京:台海出版社,2017.

[8] 维吉尼亚·萨提亚.新家庭如何塑造人[M].易春丽,等,译.北京:世界图书出版公司,2006.

[9] 卡瑞尔·麦克布莱德.母爱的羁绊[M].于玲娜,译.北京:机械工业出版社,2010.

[10] 李雪.当我遇见一个人[M].北京:北京联合出版公司,2016.

[11] 简·尼尔森.正面管教[M].玉冰,译.北京:京华出版社,2009.

[12] 武志红.为何家会伤人[M].北京:北京联合出版公司,2014.

[13] 杜梅.好家庭就是好学校[M].北京：中国经济出版社，2010.

[14] 阿尔弗雷德·阿德勒.自卑与超越[M].马晓娜，译.吉林：吉林出版集团有限责任公司，2015.

[15] 维吉尼亚·萨提亚，约翰·贝曼，等.萨提亚家庭治疗模式[M].聂晶，译.桂林：广西师范大学出版社，1989.

[16] 劳伦·B.阿洛伊，约翰·H.雷斯金德，玛格丽特·J.玛诺斯.变态心理学[M].汤震宇，邱鹤飞，杨茜，译.上海：上海社会科学出版社，2005.

[17] 艾琳·R.萨克斯.我穿越疯狂的旅程：一个精神分裂症患者的故事[M].李慧君，王建平，译.北京：中国轻工业出版社，2013.

[18] 简·尼尔森，琳·洛特.十几岁孩子的正面管教[M].尹莉莉，译.北京：北京联合出版社，2014.